INHAMUNS

kah dantas
INHAMUNS

MOINHOS

© Moinhos, 2021.
© Kah Dantas, 2021.

Edição: Camila Araujo & Nathan Matos
Assistente Editorial: Karol Guerra
Revisão: Ana Kércia Falconeri Felipe e Tamy Ghannam
Capa: Sergio Ricardo
Projeto Gráfico e Diagramação: Luís Otávio Ferreira

Nesta edição, respeitou-se o Novo Acordo Ortográfico da Língua Portuguesa.
Dados Internacionais de Catalogação na Publicação (CIP) de acordo com ISBD
D192i
Dantas, Kah
Inhamus / Kah Dantas. - Belo Horizonte : Moinhos, 2021.
128 p. ; 14cm x 21cm.
ISBN: 978-65-5681-060-7
1. Literatura brasileira. 2. Romance. I. Título.
2021-1174
CDD 869.89923
CDU 821.134.3(81)-31
Elaborado por Vagner Rodolfo da Silva - CRB-8/9410

Todos os direitos desta edição reservados à Editora Moinhos
www.editoramoinhos.com.br
contato@editoramoinhos.com.br
Facebook.com/EditoraMoinhos
Twitter.com/EditoraMoinhos
Instagram.com/EditoraMoinhos

Para a mamãe, cuja vida de amor e sacrifícios me permitiu ler e escrever sempre de barriga cheia.

"(...) Sertão de muita música
A música dos aboios e a dos cascos da boiada
Nos campos dos Inhamuns
Mesmo sem chuva, a poesia não morre
Árvores de braços humanos e
nus pelos crepúsculos
A estrada branca do rio ao clarão da lua cheia
Histórias da guerra antiga ao som
das violas dos cantadores
Não sou Feitosa, confesso
Mas amei uma Feitosa
Eu não lhe dei nada
E ela me deu e para sempre a alma
bíblica do sertão encourado
O bárbaro sertão dos Inhamuns."

(Jáder de Carvalho)

"Porque todos os seus dias são dores, e a sua ocupação é aflição; até de noite não descansa o seu coração; também isto é vaidade."

(Eclesiastes 2:23)

"Porque, que é a vossa vida? É um vapor que aparece por um pouco, e depois se desvanece."

(Tiago 4:14)

UM
PRELÚDIO

Sorveu minha alma pelo meio das pernas: era uma festa. O cigarro ia queimando a boca e, na alumiada escuridão, valsavam sombra, vento e fumaça. E a chama voraz engolia a erva e o papel, movendo-se rapidamente em direção aos meus lábios. Ele dizia que me amava. Eu só escutava. Da metade para lá, o céu se estirava feito uma caverna comprida onde se escondiam estrelas que pareciam tristes com a minha chegada, no meio daquele campo sem nuvens, madrugada plena e sertaneja à beira da Ce-o2o. A língua vasculhava as reentrâncias. re. en. trân. cias. Que palavra bonita, cheia de lugares para umedecer, eu pensei, junto dos anjos caídos. Agarrei com uma das mãos os cabelos dele, recém-cortados, e apaguei o cigarro na terra com a outra, gemendo alto com a morte que se aproximava. Naquela noite, nenhum mal nos encontrou. E eu compreendi, como se fosse capaz de governar sobre a vida, sem medo nem vergonha, que aquele era um homem a ser amado. Depois de dar ouvidos a mais um dos meus pedidos e de desbravar comigo uma estrada desconhecida de poeira estelar, uni-duni-tê, coroou-me também rainha dos Inhamuns, com frio, terra e saliva. Foi a primeira vez que fui amada no sertão de onde fugi na adolescência. E foi a primeira vez que fui tomada por um homem que mal sabia ler, mas que dizia, num português nítido, forte e silabado, eu amo você, ele dizia. Eu só escutava. E não sentia os calafrios, porque existia como se não houvesse temperatura fora de mim. Tremiam as pernas e os pés; o resto se contorcia por cima das camisas amassadas, deixando hematomas que sequer seriam sentidos depois. Não tinha importância. Chutei o para-choque do carro à minha frente e atrás dele e confessei, muito alto e muito longe, o desfecho que se aproximava. Que me amava, que me amava, que me amava, ele dizia, enquanto eu gozava. Eu só escutava. Então observei as estrelas uma última vez, na tentativa de tornar inesquecível aquele encontro fora do tempo e da dimensão em que vivíamos e na qual eu tinha me formado jornalista e ele, motorista. Faltava pouco para que chegássemos ao nosso destino e eu reencontrasse os fantasmas da minha – da *nossa* – infância e que eu tinha enterrado ao pé do poço profundo, onde a Vó dizia que dava sorte se eu jogasse uma pedrinha polida e desejasse. Nós dois desejamos. Eu fui embora, consegui diploma, salário razoável e passaporte carimbado. E ele? Ele dizia que me amava. Mas eu só escutava. Então voltamos para o carro de mãos dadas e partimos em silêncio, com o peito esmagado pelo (des)afortunado reencontro. Crianças pequenas esperavam em casa. Amores não morriam. Desejos se concretizavam, mas faltava. E o fim não tinha jeito de ter recomeço. Por onde andavam os deuses que escolhiam quais sonhos realizar?

Janeiro de 2019

DOIS

COMEÇOS E FINS

Se as coisas todas tivessem acontecido de um jeito diferente, capaz de eu ter me sentado um dia, mais à frente na vida, para escrever esta história.

O primeiro e adiado começo dela, que foi também um fim, aconteceu numa manhã ensolarada de sábado, quando eu descobri algumas chamadas perdidas no meu celular, nem separadas por minuto, e pressenti a notícia que eu já andava esperando havia dias, desde que tinha chegado por lá onde eu vivia, afastada de casa por um oceano: o murmúrio de que a Vó tinha adoecido. E as palavras da tia, a querida tia que me acolheu quando eu fui embora de casa, chegaram naquele dia, menos de dois anos antes de eu a perder também, honrando a norma sagrada do universo e trazendo o anúncio da partida de quem nos tinha criado.

Primeiro de tudo, eu me lembro, desaprendi a respirar. Como se de repente eu tivesse me tornado tão leve e fina e frágil quanto uma folha de papel de seda ao vento, à ameaça de cair chuva forte. Era como estar a um passo da não existência, tragada pela expectativa de um fim cujo vislumbre não me assustava e eu não conseguia compreender por quê. E foi assim que eu me senti, como se o deus nunca achado pouco importasse.

Depois do vazio e doutra vez me reconhecer numa existência fragmentada e há muito perdida no imenso vácuo que servia de melancólico guia pelo mundo estrangeiro ao redor, quis ficar um pouco confusa, uma algazarra de pensamentos desordenados à espreita, mas ali não era lugar, nem se obrigava a hora. Então fui à janela e acendi um cigarro para disfarçar a minha inabilidade de chorar, disse à minha curiosa colega de quarto na universidade que não tinha acontecido nada demais e forcei os pensamentos numa ordem qualquer, sabendo em meu coração que eu não veria a Vó uma última vez.

O segundo foi o que originou estes eventos, na forma do convite definitivo para o retorno à minha terra natal, recebido numa terça-feira nublada e anos depois de eu já estar de volta a Porto Alegre, com casa e trabalho ajustados. Tratava-se de uma oferta entusiasmada de trabalho da qual eu não poderia me desvencilhar.

É claro que não havia, lá na editora, colaborador mais adequado do que eu para acompanhar, durante uma semana, algumas visitas para a realização de pesquisas arqueológicas no meio do sertão cearense que havia sido meu berço trinta anos antes, o editor-chefe me disse, romanceando a empreitada e mencionando superficialmente algumas exigências da nossa contratante em São Paulo e o calendário de recepção, elaborado pelas autoridades locais para que eu tivesse autorização de acessar os estudos antes das datas oficiais reservadas aos veículos gerais de imprensa.

Meu chefe, um homem branco de meia idade que andava com os dedos quase sempre sujos de tinta, ainda emendou na conversa, convocando minha memória preguiçosa, elogios a um conjunto de matérias que eu tinha escrito noutro ano para uma revista, boa prosa historiográfica, ele disse, uma das quais traduzida e publicada no exterior, concluindo que eu era perfeita para o contrato e rejeitando a ideia, dada em voz alta por um colega, de que poderíamos trabalhar a distância com algum profissional que já residisse no local. Os gastos seriam maiores e, sobretudo, quem melhor do que eu para escrever sobre a história da minha cidade-natal? Estremeci. A julgar que nunca mais haveria razão para voltar, andei distribuindo, ao longo do tempo e envaidecida, anedotas sertanejas sobre minhas supostas e incríveis origens, aventuras cactáceas em tempos de chuva e seca no coração distante do Ceará. Foi a falsa língua nos dentes, eu sei.

Eu deveria acompanhar esses pesquisadores estrangeiros, contratados como eu, em algumas visitas a um recém-descoberto sítio arqueológico, coisa importante, mas ainda pouco divulgada no País, com direito a rebuliço na comunidade científica internacional e a um pequeno alvoroço em setores locais da imprensa. De lá eu seguiria sozinha para o Piauí, ouvi, para entrevistar uma famosa arqueóloga brasileira e elaborar o material complementar à matéria principal.

Frio na barriga. Além, é claro, de uma forma triste de alumbramento que se poderia achar debaixo de um suposto ânimo nos meus olhos condescendentes.

Esse segundo começo e fim trouxe pelas mãos aquele primeiro, não com poucos ressentimentos, delicados, mas feito enchente de passagem por terra sem raízes, arrastando tudo o que podia ser avistado pelo caminho. Tias e tios distantes, primos esquecidos e sem nome, mãe havia muito tempo morta e a lembrança dolorosa de uma Vó que tinha representado todas as coisas, a vida e a morte. Por isso, em casa, eu me encarei no espelho muito mais que uma dezena de vezes para confirmar: não era a mesma pessoa. Não podia ser.

Então olhei, incerta, os livros que me desafiavam por toda parte. Eu gostava de pensar que tinha me formado boa leitora e também escritora, pronta para ler o mundo à minha volta e escrever dele as boas e más notícias, informações e narrativas, um sem-número de fábulas que me salvavam todos os dias das minhas próprias e ocultas histórias. E havia as fotos, dezenas de fotos de viagens junto àquela da minha formatura, em que eu posava ao lado da tia, tudo debaixo de ímãs sobre a porta da geladeira, formando uma linha de tempo que nascia da minha chegada ao sul até ali, denunciando a sentença de esquecimento para os retratos de antes, todos deixados para trás.

O meu apartamento ficava no décimo terceiro andar, de onde eu gostava de olhar as luzes da cidade, arvorada no topo da metrópole, enquanto fumava um cigarro depois de um dia exaustivo de trabalho e imaginava, para a minha segurança, que a vida sempre tinha acontecido daquela forma. E assim mesmo, todas as lembranças mais recentes e ainda em brasa da mulher que eu tinha me tornado se juntavam ao coro da recusa.

Os cabelos, eu me olhava, que um dia já tinham sido escuros, estavam mais compridos e doutra cor, acobreados. Havia rugas na testa e nos cantos dos olhos. E as íris castanhas mais claras, realçadas pelas olheiras, acompanhavam as bochechas menos morenas e iluminavam o rosto de lábios pequenos que provavelmente tinham saído aos do meu pai fantasma, pois não eram característica da família da mãe. Eu tinha ainda a pele mais desbotada, muito mais, que o sol nascia dum laranja diferente ali onde eu tinha arrumado a vida, na beirada com o Uruguai.

Nas primeiras aulas, eu me lembrava, lá na escolinha municipal, tinha aprendido a traçar uma reta do Oiapoque ao Chuí. E foi assim, depois de nascer de novo, como dizem, e por causa dos convites insistentes da tia viajante que, desde muito antes de prestar atenção às aulas de geografia, eu determinei a minha fuga, quando a Vó ainda era viva e eu corria com as galinhas e espantava sem medo os carneiros no terreno largo do quintal de nossa casa, deixada pelo meu avô boiadeiro. Mas eu queria morar era em canto longe dali. Onde eu sei que a mãe teria me levado para morar.

TRÊS

AEROPORTO INTERNACIONAL

Chamei o carro pelo número que me deram e deixei agendada a viagem para o quase fim daquela noite com lua. Gentileza da prefeitura, me informaram lá da editora. A cidade era pequena e as instituições eram acolhedoras com a mídia, imagine, virar notícia no país inteiro, além de reportagem em revista e canal de televisão graúdos no exterior? Que eu ficasse despreocupada com transporte e hospedagem, além do trabalho com os equipamentos que quisesse, pois também a assessoria de comunicação do município estaria à minha disposição.

Eu até poderia ter me sentido animada com tudo isso, mas quase não deu o tempo do pouso: o passado já estava lá, sem parte de piedade. Menos de uma semana mais tarde desde que soube que faria aquela viagem, fui surpreendida pelo anfitrião que me esperava, não apenas por causa dos sentidos de presságio que eu atribuí à coincidência, mas pelos vincos intencionais, coisa de automutilação, feitos na minha memória quase quinze anos antes. Quando eu o tinha visto pela última vez.

Havia sido meu melhor amigo a vida toda, até o dia da fuga. Minha sombra e minhas mãos. Bolinagens. Beijos de língua que molhavam o rosto todo, por causa da nossa imperícia. Meu primeiro amor, segredo até para os olhos de Deus, que a Vó denunciava esses quereres como impróprios. Vocês são como irmãos!, ela dizia, abanando as mãos e desamassando as saias. E apesar de não entender como isso poderia ser, que ele tinha mãe e eu não, eu dava conta de que acreditava e obedecia. Porque mentir pra Vó era mentir pra Deus. E Deus, eu sabia, estava na Vó.

Ele também não chegou nem a suspeitar. Quando a vista me alcançou e, depois de vencidas a descrença e o desconhecimento iniciais, teve uma tremedeira indisfarçável. Cabeça aos pés. Muitas mãos e suores. Eu nunca vou te perdoar se você for embora, eu tinha ouvido, repetidas vezes. Chegou a me dar murro e beliscão, eu lembro. Mas não adiantaram. Fui muito rápido, voando, sem despedidas, para morar com a tia boa assim que a oportunidade se apresentou bem-sucedida, e a Vó entendeu que aquela era a última coisa que ela poderia fazer por mim, pelo meu bem. Eu tinha medo de que, entre um e outro piscar de olhos, nada desse certo e eu acabasse ficando para sempre em Tauá. Mesmo assim, ele me perdoou. E sem falsas resistências, sem brio algum, deixou que eu sentisse o seu gosto outra vez, gosto diferente, melhor, de línguas que tinham abandonado a preferência pelos refrigerantes para se banhar noutras e alcoolizadas línguas.

No começo da viagem e ignorados os assombros, lado a lado nós conversávamos amenidades, ali nos bancos dianteiros, fingindo que estava tudo bem e que não havia lutos e incômodos saltando das entrelinhas do motivo de eu estar ali e de como os nossos olhos devoravam as informações em pele sobre quem nos tínhamos tornado. Mas havia. Evidentes no meu modo de ignorar a perda da Vó, na minha solidão familiar e na minha insistência em compartilhar histórias de menina matuta na cidade grande e na universidade, e depois de moça formada com diploma, plaquinha e currículo com dois idiomas, graças a uma graduação sanduíche no país da rainha. Graduação sanduíche?, ele riu, achando o nome engraçado. E ele ouvia tudo impressionado, como quem não tinha mágoa. E foi com um olhar indulgente, que era também uma saudade acompanhada de sua velha e leal escuta, minha desde a primeira vez que me ouviu, que ele não interrompeu a minha tagarelice nervosa, mas sincera, tampouco a questionou, nem mesmo diante dos meus evidentes esforços para suprimir quaisquer comentários sobre o meu passado e sobre as lembranças que tínhamos em comum.

Se eu tivesse entrevisto aquele encontro sob quaisquer circunstâncias, jamais teria suposto achá-lo assim, depois de tantos anos e sóis, um homem bonito na sua pele escura, bem feito e de linhas tão harmoniosas como quando era um menino. Ainda tinha a boca grande e vermelha, como a suculência das frutas macias, embaixo daqueles olhos redondos e argutos de graúna. Foi assim que o desejo, mais impróprio do que os de antes, teria feito a Vó chorar de desgosto, mas nasceu instantâneo.

Depois de muitos quilômetros noturnos e conversas desimportantes de todo tipo, sugeri o desvio. É que meus olhos tinham desembarcado curiosos, menti, ansiosos da vontade de explorar. Você quer é saber o que tem no final de uma estrada no meio do nada, ele respondeu sorrindo, e desviou obediente, os pneus quase cantando. Tornei a ser adolescente, o coração batendo desvairado, chiclete na boca meio seca da adrenalina e um frio que ia da barriga ao universo entre as coxas, de lá para o peito suado. Suspirei, muito nervosa, querendo pensar em mais nada. Procurei um cigarro na bolsa e acendi. Ele fez uma cara feia e eu dei de ombros, sorrindo muito mais com os olhos. Isso lá importa, criatura. Desligou o motor do carro. Estávamos parados num deserto cheio de lua e estrelas espalhadas no chão de cactos e no céu descortinado sobre nós, um bocado de coisas em que eu nunca tinha reparado de perto, embora tivesse inventado mil histórias a respeito para os meus colegas escritores e editores de Porto Alegre. Agora tudo era real, bonito e meio triste, eu concluí, sabendo da rapidez inesperada com que eu tinha chegado ali, não pela razão mais penosa, em viagem tantas vezes adiada quando a Vó ainda era viva.

Que havia coisa mais bonita no mundo, ele se atreveu a dizer, enxerindo-se pelos meus pensamentos e compreendendo um pouco do que meus olhos sentiam. E o derradeiro momento de que me lembro, depois de ouvir isso, foi de ter jogado fora o chiclete e de beijá-lo com força, tomando cuidado para não o queimar com o cigarro ainda aceso, apertando, abrindo zíperes, tirando camisas.

QUATRO
CE-020

Eu ainda me recordo de como aquele dia amanhecia, com as luzes dos fogos de artifício que queimavam no meu baixo-ventre, numa mundana febre uterina. Amanhecia enquanto eu olhava, cabeça pendendo por sobre o braço para fora da janela, a vista pesada, e achava que o céu parecia maior no sertão, coisa que eu não trazia na lembrança. E o retorno que definitivamente acontecia me deixava com uma distante e preguiçosa vontade de chorar, como se eu fosse menina-rebento voltando para o útero.

O rei cantava, muito longe na rádio, sobre estrelas e cavalgadas, e por toda a parte a chuva dava ao verde boas-vindas, misturando-se às lágrimas invisíveis sobre os meus olhos que não sabiam mais se banhar. Os açudes deviam estar sangrando, pensei, olhando a terra que vermelhava feito o sangue de um parto de avesso. E eu observava todas essas coisas da janela do carro, como se estivesse indo rumo a um horizonte mágico que, entretanto, bem poderia terminar num morredouro. Era uma chegada já com ares de partida, eu temia.

Foi assim que quatro horas de viagem se transformaram em sete, de estrelas em êxodo e de tê-lo ao meu lado cantarolando e me olhando sonolenta, com vento nos cabelos e olhos moles na estrada. "Estrelas mudam de lugar, chegam mais perto só pra ver, e ainda brilham de manhã, depois do nosso adormecer", ele cantava, pouco mostrando a língua doce que, com sede, tinha se molhado nos rios que percorriam a aurora do mapa quente do meu corpo. Delírios, eu sabia, mais dormindo que acordada. Que essas, como todas as coisas, deixaram de ser no instante em que nasceram.

CINCO

PRINCESA DOS INHAMUNS

Tauá. A 337km da capital. Uma joia de fim de mundo no Ceará, a Vó dizia, mas naquele tempo eu nunca tinha visto joia, ainda mais feita de caatinga: espinhosa, dura e seca. Era cidade havia menos de cem anos, reconhecida só depois de 1920. E era a terra de Jovita Feitosa, menina travestida de homem que quis lutar na guerra do Paraguai, ficou famosa por sua apaixonada convicção e, depois da fama passageira, acabou meio esquecida, prostituindo-se e suicidando-se aos dezenove anos, na conta de um provável amor não correspondido. Jovita tinha ido embora de Tauá também adolescente e, como eu desejava que acontecesse comigo, morreu em chão que não era seu. Éramos ambas fugitivas e estranhas em seus lares, eu pensava.

Boa viagem e boa sorte com esse texto!, tinham sido as palavras do meu editor e colega, acrescentando que confiava muito no meu trabalho e desculpando-se outra vez pela impossibilidade de eu viajar com um fotógrafo. Não era a primeira vez, no entanto, que eu faria dois trabalhos pelo preço de um. Paciência. Tem muita gente de olho naquelas pedras, tu sabes, ele concluiu, provavelmente cheio de dentes, tentando me animar e desligando o telefone depois de um abraço apertado e de falar o diminutivo do meu nome. *Aquelas pedras.* As pedras que a Vó dizia que eram mágicas quando queria me contar histórias de arregalar os olhos. Depois de tudo que eu tinha ouvido sobre a descoberta, parecia que ela estava certa, afinal, eu sorri, sentindo um aperto no peito.

    Quando alcançamos a cidade e avistamos a placa verde sobre a rodovia, que confirmava a nossa chegada, eu despertei completamente, como se a cabeça tivesse sido empurrada com jeitinho por alguém que me cobrasse atenção em alguma coisa, meus dois grandes olhos castanhos procurando o que ver. Por isso pedi a ele a amabilidade de um passeio rápido pelas ruas largas, asfaltadas, calçadas. Não queria ir direto ao hotel, falei, o olhar muito inquieto sobre tanta novidade.

    O município estava maior e mais bonito do que eu me lembrava, com suas ruas que tinham se multiplicado em comprimento e quantidade de casas, estas protegidas por portões e janelas de metal. E tinha um charme que zombava da minha memória, agarrado a uns sussurros no vento quente que insinuavam um sentimento de perda, de lugar que não era meu. Isso me fazia sentir desconcertada, ali, feito gente sem lar, sem lugar por perto onde pudesse ser enterrada, fosse o caso. Eu não deveria pertencer àquele chão? *Pertencer*, o estômago embrulhou. O que significava isso eu evitava perguntar.

    Os pneus iam explorando o asfalto e as pessoas observavam, querendo saber quem o motorista no carro com adesivo da prefeitura estava conduzindo. Disseram que eu era uma mulher bonita? Ficaram curiosos para saber quem eu era e o que fazia? Essas perguntas, já cheias de desconfiança e muito desacompanhadas, seriam as primeiras a fazer nascer o ciúme. Hora ou outra, todos já dominavam as informações aparentemente disponíveis. Jornalista vinda do sul. Bonitona, disseram.

Menos de trinta, com certeza. Fala inglês e francês. Anda rindo com os gringos. Não é do sul!, alguém desvendaria. Tauaense!, acredita? Da família da Vó. Sobrinha daquela tia. Filha daquela outra. Neta da Vó. Neta *ingrata* da Vó. Portanto, uma forasteira. Soube de tudo um pouco, nos dias adiante.

Não havia boas-vindas na observação das mudanças na paisagem local, das coisas nunca vistas nos primeiros dezesseis anos de vida, das lojas de açaí e das novas igrejas, nem das pessoas que circulavam em suas vidas rotineiras, alheias ao medo e à mágoa na minha respiração. Do banco do carro eu podia sentir a leveza e alegria contrastantes do homem ao lado, que me olhava vez e outra com um carinho conhecido meu e cuja reciprocidade, na medida desejada, era incerta. Então, em algum lugar do lado de dentro, eu procurei a menina que eu fui e encontrando coisa nenhuma depois de vasculhar, meio desesperada, abracei a frustração que acenava e encolhi o espírito, tomando cuidado para que ele não percebesse. Para que as pessoas lá fora não percebessem.

Quando me dei por satisfeita, muito rápido, ele deve ter pensado, fizemos o retorno. O hotel ficava à beira da rodovia, em Pedregal. Era pequeno, mas charmoso, e tinha nome de mulher. Ele estacionou na frente do prédio e se recusou a me deixar subir sozinha para o quarto, apesar de não haver mais que um lance de escada. Levou as minhas malas para cima, seguindo meus passos atrás de mim, exatamente como fazia quando éramos crianças. Quando éramos crianças, repeti mil vezes, ensaiando uma invocação.

Eram horas de tomar café. A despedida foi na porta do quarto. Eu o acariciei no rosto e agradeci por tudo. Ele disse que não era um adeus e então saiu contente, como quem tivesse me vencido com aquela fala por último. Tomei um banho rápido e corri para o restaurante do hotel, os cabelos ainda pingando e as olheiras aprofundadas pela noite insone. Os pesquisadores já estavam lá reunidos, achando graça em línguas que ninguém mais entendia e esperando por mim.

SEIS

CARRAPATEIRAS

O novo sítio arqueológico, motivo da minha viagem e descoberto havia pouco menos de um mês, em Lagoa das Pedras, não poderia ser visitado naquele domingo, por causa de um acerto com o dono das terras, para que não houvesse movimento de natureza investigativa na sua propriedade nos fins de semana.

Antes de embarcar eu tinha realizado algumas pesquisas e leituras, quase entusiasmadas, além de uma meia dúzia de contatos telefônicos com os outros membros do grupo ao qual eu me uniria e com quem deveria conversar para iniciar a escrita da minha matéria, já naquela primeira manhã. Por isso, depois de brevíssimas apresentações naquele café simpático e barulhento, iniciamos os compromissos e pegamos dois carros até o distrito vizinho de Carrapateiras, para visitar uns famosos matacões com inscrições rupestres georreferenciadas havia muitos anos e que ficavam num local conhecido como Vale do Riacho.

Mal tinha dado tempo de ele chegar em casa e cumprimentar a mulher e as crianças, imaginei, encontrando-o de prontidão à porta do carro, esperando por nós. Tímidos entreolhares. Em volta dos outros homens ele andava mudo, mas atencioso. E as olheiras lhe caíam bem, sorri, mais para mim mesma e sentindo alguma ternura. Uma ternura parecida com aquela que me serviu de companhia durante todo o dia, ao me saber de volta ao lugar onde eu tinha nascido.

A estrada estava deserta e, depois de um passeio breve na rodovia, chegamos muito rápido ao nosso destino, causando um pequeníssimo alvoroço de olhares, mas sem representar novidade que não tivesse sido vista por ali antes. Era costume, como eu já sabia, chegar por ali gente de muita escolaridade em busca das memórias dos homens e mulheres nordestinos pré-históricos, lembrança que ia no sangue deles e por isso mesmo, talvez, não despertasse tanto interesse. Fomos recebidos, quase no fim da rua principal, por uma simpática e inteligente professora de história aposentada que provavelmente teria me ensinado na escola do estado, tivesse eu continuado o resto da adolescência em Tauá. Ela tinha sido indicada pela prefeitura como uma espécie de guardiã do conhecimento arqueológico da região, principalmente depois da morte de um velho e afamado agricultor que, mesmo sem nenhuma formação acadêmica, tinha guiado cientistas e curiosos, durante parte da vida, aos mistérios pictóricos dos Inhamuns.

Você é cearense?, ela perguntou curiosa, depois que fui denunciada pelo meu acento. Disse que sim, mas sem falar que também tinha nascido em Tauá, confissão que o fez me reprovar com os olhos, embora ele não tenha se metido. Quando ela ouviu a afirmativa, abriu um sorriso e me abraçou, já com convite para almoço e janta. Eu sabia, minha filha!, a gente conhece na hora pelo jeito de falar, ela disse. E eu, que não estava preparada para esse tipo de conversa, mudei para o assunto da história, incentivando meus colegas de grupo a fazerem igual. Ela então começou a tagarelar, com a mesma alegria de antes, sobre sua vida e seu trabalho, capturando a atenção dos homens.

Eu me esforçava para traduzir para o inglês, com a rapidez necessária, tudo que a mulher falava, lamentando mentalmente por mais um serviço não remunerado e me perguntando onde estaria a pessoa responsável pela tradução simultânea, um estudante de letras que nunca apareceu. Nós caminhávamos pela rua principal do minúsculo distrito, por onde eu devia ter andado raras vezes pela mão da Vó, na infância, e, vendo assim de perto, achava-o mais parecido com vila de rua única, sem grandes coisas que descobrir. A arrogância, sempre enganadora. Naquela região havia mais de vinte sítios arqueológicos já catalogados, além de riquezas imensuráveis em flora, fauna e gente. Era lugar de fazer bom uso dos olhos e dos ouvidos.

Quando decidiram me mandar lá, fui orientada a procurar o velho entusiasta que, na ausência de técnicos federais para cuidar do vasto patrimônio histórico daquelas bandas, assumiu a vigia e o acompanhamento das visitas desse tipo. Tinha sido formalmente incumbido pela prefeitura para fazer esse trabalho, depois que seu amor ecológico pelos matos e pelas rochas pintadas foi reconhecido como um bem público. Sabedoria não tem dono, a gente aprende. Foi a professora que nos contou de sua morte, atribuída a um coração cansado que deixou para trás mulher, filha e neta, informação que nos pegou de surpresa e atordoou, ligeiramente, os caminhos que eu tinha traçado para a minha matéria. Lamentei, demonstrando um desagrado à vista de todos. É que das leituras prévias que tinha feito sobre o lugar, umas poucas palavras me fizeram sentir como que culpada pela vida que eu tinha escolhido e, por isso mesmo, muito curiosa para conhecê-lo e perguntar se sabia da Vó.

Não acha esquisito ficar metido o tempo todo dentro do mato, homem?, era como lhe aporrinhavam o juízo. Esquisitos são vocês que andam na cidade se desviando de carros, respondia. A Vó teria concordado, eu sabia, pensando nos seus doces e baixos olhos esverdeados.

SETE

O VALE DO RIACHO

Era um domingo nublado de janeiro, com chuva para cair. Seguíamos em grupo, a pé, guiados pela professora que ia à frente. Atrás dela, os cinco pesquisadores estrangeiros, eu, ele, um professor cearense e um par de estudantes locais que se reuniram a nós um pouco depois da nossa chegada. O outro motorista tinha decidido esperar na praça do distrito, juntando-se a uns poucos homens que jogavam cartas. Caminhamos, passando pelas casas muito juntas, por uma igreja e uma escola. Senti falta de ver por ali um cemitério, mas imaginei que todos os mortos da região deviam ser recebidos pelo São Judas Tadeu, no centro de Tauá. Alguns moradores cumprimentavam a professora, outros conversavam entre si. Um homem passou arrastando sem gentileza uma cabra, levando-a para a morte, suspeitei. À esquerda da estrada de terra, uma árvore bonita, metade verde, metade dourada de ter sido queimada do sol, cumprimentou nossa passagem. Imaginei-a meio viva, meio morta, coisa que não era verdade, comparando-a a mim mesma e àquela minha chegada estranha.

Deixamos o centro asfaltado de Carrapateiras e acessamos a área rural, seguindo pela estrada de terra, agora não mais cercada por paredes de tinta descascada, mas por cercas de pau. Quando alcançamos o primeiro portão da fazenda onde estavam as inscrições rupestres, foi que começou a chover. Nenhum de nós levava capa e, como se aquele primeiro tanto de água, ainda ralo, não tivesse efeito nenhum, continuamos nossa peregrinação. Ele andava sempre por perto, feito um cão de guarda que eu conhecesse intimamente, único ali com quem eu me sentia familiarizada e que dava sentido a uma saudade que queria ser. Mas enquanto um cachorro se sentiria livre para vez e outra roçar o focinho no objeto de sua proteção, ele guardava bem o desejo de deixar as suas mãos encontrarem as minhas.

Mais um pouco e chegamos ao segundo portão, que estava trancado e sobre o qual precisamos saltar. Rimos. É permitido?, um dos homens de fora perguntou, curioso. Sim, claro, não tínhamos que nos preocupar. Um cachorro grande, amarelo e preguiçoso guardava a entrada, não feito vigia, mas em hora de descanso. Dali em diante, fizemos uma caminhada de uns vinte e cinco, trinta minutos, todo tempo muito próxima à cerca e com passos firmes e ligeiros, às ordens da nossa guia. E mesmo com as perguntas dos homens sobre essa ou aquela espécie de planta, as passadas continuavam firmes, ritmadas. Mas a pressa não desencantava o passeio.

Nossos pés andavam cercados de verde, um jardim de xique-xiques, com flores ora brancas, ora rosadas, e bagas suculentas cheias de sementes, visitadas pelo apetite dos passarinhos. Entre uma e outra conversa com o grupo, enquanto a professora analisava as pontas de cerca, procurando aquela que denunciaria a nossa chegada àquele primeiro sítio, eu gostava de me distrair com o barulho do chão sendo pisoteado e com o brilho das gotas gordas de água escorregando pelas plantas, acumuladas por causa da chuva gentil. Eu não esperava que fosse me parecer tão belo!

Não demorou muito e a mulher exclamou que tínhamos finalmente chegado, tínhamos alcançado as rochas rabiscadas pelos primeiros homens. Todos estavam muito animados, mas eu me sentia também ansiosa, como se a vista daquelas coisas fosse de algum modo um indecente olhar sobre o meu passado também.

O primeiro desenho que vimos, depois de agachados sob uma rocha grande e cercada de plantas, o que dificultava ainda mais que nos esgueirássemos para debaixo dela, era um registro que simbolizava a prática agrícola, a professora explicou, apontando e falando sobre as colheitas de seus ancestrais. Próximo a ele, uma representação meio apagada do astro-rei, em tons vermelhos sobre a rocha granítica, um testemunho insondável de milhares de anos.

A professora permanecia explicando o que sabia sobre as inscrições, auxiliada por minhas traduções e comentários em um inglês que, vez e outra, escapulia pelo meu sotaque original. Os pesquisadores, bastante familiarizados com o conhecimento arqueológico que se manifestava naquela região, faziam perguntas retóricas, muito otimistas, cativados pelas belezas que se ofereciam, e eu fiquei ainda encarregada dos retratos oficiais daquela reunião, como se não bastassem os inúmeros registros orais no gravador, informações para minha escrita posterior.

Em algum dos momentos de observação, um pouco cansada e emocionada com esse retorno tão distante do que eu tinha imaginado, esburacando cada vez mais para dentro da terra e de mim, descolei-me do grupo que discutia e ignorei por completo o olhar que me protegia. Foi a primeira, não última vez, que fui seduzida pelo sertão solar e seus sussurros, entrando pelos meus ouvidos e olhos. Me lembrei das mãos da Vó, enrugadas, costurando as roupas que eu vestia e remendando as fardas do colégio, enquanto rezava ladainhas na sua voz grave, mas suave.

Quase todo o tempo em que eu estive ali, naquela manhã, foi como que acompanhada da presença dela, dos seus cuidados silenciosos de rabo de olho através dos óculos gastos, com arranhões nas armações. A mãe que eu tive e conheci. E aquele calor úmido, ele também me conhecia e percorria. Passeava pela minha pele e pelas dobras do jeans e do algodão como se reconhecesse um terreno pelo tato, terreno alargado, com mais anos de vida, castigado pelo mau tempo. A memória, sintomática, quase trouxe lágrimas aos meus olhos, que facilmente teriam sido confundidas com a chuva, exceto por ele. Empurrei-as para dentro, que aquilo não podia ser, não no meu primeiro dia em Tauá. Enxuguei o rosto e contemplei o vale sem riacho algum, sorrindo para o pesquisador francês que me chamou com um aceno para fazer uma pergunta.

Eu precisava me concentrar no trabalho e, ignorando as vozes estranhamente conhecidas que me falavam ao pé dos ouvidos, tomei parte na conversa sobre o lugar, cujas pedras brilhavam através das gotas da chuva que caía pouquinha. Por acolá do dia e do nosso trabalho de pesquisa, olhei serena para ele e, eu sei, embora sem espelho, que os meus olhos não diziam menos que amor. E talvez fosse quase isso.

OITO
A VÓ

No último momento de descanso que compartilhamos antes de fazer o caminho de volta até o centro de Carrapateiras, eu me sentei sobre uma das rochas para tomar um gole de água e espremer a chuva dos cabelos, àquela altura ensopados, e observei meus colegas agradecerem pela chegada dos raios de sol. Se eu fosse menina, pensei, estaria satisfeita em andar solta mais meu melhor amigo na imensidão daquele terreno, fazendo pela fala adições fantásticas às pinturas nas pedras, e nós inventaríamos quais contos tinham sido colocados nelas, imaginando o dia em que os antigos repousaram ali e decidiram que era preciso registrar sua história.

Vão se aquietar um instante, a Vó diria, depois de fazer bolinhos salgados de tapioca e café, do jeito que eu adorava e que ela dizia que eram os favoritos da mãe. Talvez por isso eu sentisse que nunca poderia me apartar dela, ou das suas saias cheirosas a sabão, ou das suas mãos envelhecidas e cuja pele solta eu gostava de puxar até que ela reclamasse que eu a estava fazendo murchar mais depressa: porque ela era tudo que restara da mãe. Era a única pessoa que me deixava saber que eu não tinha sido enjeitada ou criada por causa de caridade, mas porque a mãe, sua filha legítima, tinha partido cedo por vontade de Deus, e não se ignorava que, apesar de tudo, a Vó a queria muito. E embora eu tenha crescido sem conhecer o calor afetuoso dos abraços e beijos maternos, mesmo na figura de quem me criou, que não era dada a demonstrações de carinho dessa natureza, e aqueles da mãe, apenas sabidos pelo que me contava a Vó, eu sabia que aquele era o único elo com o que a vida poderia ter sido de bom. Vão lavar as mãos e depois sentem para comer. Quando eu terminar a costura, vocês vêm me ajudar a arrancar os fiapos, ela dizia muito séria para nós dois, antes do lanche. E a vida toda tinha sido assim, das brincadeiras às costuras, da escola aos afazeres de casa, do amanhecer com os galos ao adormecer na rede trazida de Crateús, eu me lembro, rede boa, minha filha, que o compadre trouxe de viagem.

A vida toda tinha sido assim, eu insistia, respirando fundo e me levantando para voltar ao hotel, ignorando outra vez os fantasmas cujas presenças, nos cantos da memória, me acusavam de estar mentindo à luz do dia. Você não minta para mim, a Vó dizia, enfatizando meu primeiro nome, durante algum dos seus inquéritos sobre as nossas traquinagens infantis. Nem sua mãe, que era daquele jeito, fazia questão de mentir. Até nisso era atrevida, emendava, e eu me sentia orgulhosa por dentro.

NOVE
MULHER COM SACO NA CABEÇA

Naquela primeira noite em Tauá, o prefeito e a primeira-dama convidaram a mim e a comitiva estrangeira para um jantar, aguardando a minha presença como se eu fosse muito mais uma tradutora oficial dos meus novos colegas e não uma representante da editora a serviço da imprensa. Eles estavam muito contentes, inclusive, com a descoberta de que eu era da terra, feita durante alguma conversa com os motoristas, deduzi, pois não tinha havido outra oportunidade para isso. Eu desconversei, atribuindo pouca importância à minha própria história e chamando a atenção de todos para os assuntos que realmente importavam, da descoberta do sítio até o potencial turístico da região, e outra vez fui celebrada como a ponte entre dois mundos, a responsável pela primeira grande viagem pelo Brasil e ao estrangeiro que a história daquele importante achado faria.

Éramos quase vinte pessoas e, exceto pela primeira-dama, uma secretária do governo e eu, só havia homens ali.

No começo não entendi a origem do mal-estar, do desconcerto correndo pelo meio das pernas de madeira das mesas e cadeiras do restaurante-churrascaria onde estávamos reunidos, em mesas coladas umas às outras para que sentássemos todos próximos durante a refeição. Até que o vi. Um certo homem, um homem mais velho cuja função naquele grupo eu não fazia ideia de qual era, me encarava de um jeito obsceno, descarado, mas que não era percebido pelas outras pessoas que confraternizavam distraídas.

Aqueles olhos velhacos e indecorosos, que certamente me despiam de onde estavam, reviraram no meu peito lembranças que eu, muito ingenuamente, negava que ainda existiam e que me trouxeram de imediato um suor frio, um pavor que atravessou a minha espinha. A todo instante eu tentava não deixar os meus olhos encontrarem os dele, duvidando do que dizia o meu coração, pois não era possível, não era possível que fosse a mesma pessoa, o mesmo homem, depois de todos aqueles anos. Estava claro que tinha morrido, apesar das semelhanças, pois já era muito velho nos meus tempos de menina ou assim eu queria acreditar, sabendo-me àquela mesa uma mulher de origem confusa e ares modernos que pareciam ser uma licenciosa chamada para o meu corpo, como se eu quisesse dá-lo a qualquer um que apenas manifestasse o interesse de tê-lo ou como se nem a essa decisão eu tivesse o direito, feito a crença que eu carreguei por muito tempo durante a adolescência e um pouco da idade adulta, de que esse era poder naturalmente reservado aos homens, aos descendentes de adão.

Essa noite deu início ao que eu mais temi desde o começo de tudo: a conversa, tanto tempo adiada, com os fantasmas do meu passado. Então eu quis, num silencioso desespero, que ele tivesse ficado para o jantar e que estivesse ao meu lado naquele momento, para que eu pudesse apertar com força a sua mão por debaixo da mesa. Mas aquela não era celebração para um motorista, nós sabíamos. E foi ali, naquele jantar que deveria ter sido somente um encontro festivo, que eu tive a certeza, finalmente, de que estava de volta.

Aqueles olhares me levaram à força para a minha última festa de São João na escola do estado, quando eu já era adolescente e estava perto de ir embora. Eu vestia saia rodada de chita e tinha os cabelos em tranças e fitas. Uma amiga da Vó havia feito uma maquiagem bonita e eu já era maior e parecia mais velha do que as outras meninas da minha idade.

Então teve uma hora que eu fiquei só olhando, bebendo refrigerante e esperando que ele chegasse. Em vez de ir comigo mais a Vó, que tinha ido me deixar, escolheu ir com o irmão mais velho porque queria me fazer uma surpresa.

Bastou eu ser deixada sozinha, quando as colegas de sala foram atrás das brincadeiras, que o velho da bodega, como era conhecido, um comerciante endinheirado do centro que tinha levado xilitos, bombons e outras coisas para vender na festa, chegou por detrás. Perguntou se eu queria algum doce, disse que fosse com ele ali ao lado da cantina para buscar. Eu fui, não vendo maldade em nada. Ele era conhecido da Vó, das tias, eu mesma já tinha, tantas vezes, comprado em sua mercearia e o escutado me chamar por nomes carinhosos.

Primeiro ele acariciou minha trança e sussurrou alguma coisa no meu ouvido sobre a festa. Eu não fiz cara feia. Assustei só, mas sem ter certeza de como reagir. Então ele começou a passar a mão no meu rosto e pescoço, aproximando-se como quem ia me beijar, o hálito fedido a alguma cachaça. Foi quando eu desviei, muda de medo, e tentei sair dali, mas ele foi mais forte e depressa, tapou a minha boca com força e me prendeu com seus braços, passando a mão engelhada nas minhas coxas, beliscando no meio delas e enfiando os dedos pela minha calcinha e dentro de mim, com as unhas crescidas e os movimentos forçados dos dedos imundos, achando graça, a língua áspera lambendo minha orelha e bochecha, e os olhos decrépitos, mas vivos de malícia, eu me lembro.

Nunca esqueci quando, eu toda coberta de horror, ele suspirou e disse, quem dera ter uma menininha assim em casa para me ajudar, acrescentando que ia falar outra vez com a minha tia, que ela tinha dado a ideia e que ele já tinha até falado com a Vó, continuou, rindo roucamente e concluindo que ia ser bom pra mim e pra minha família, ter um dinheiro a mais pra ajudar nas contas de casa. Nunca contei nada a ninguém, nem derramei lágrima.

Apenas corri, assim que ele me soltou, até que as pernas doessem e eu chegasse em casa, onde não dormiria por duas noites seguidas, acossada pelo terror que sentia com a possibilidade de que se concretizasse o desejo do velho, sentindo nojo da roupa que a Vó tinha costurado e do meu próprio corpo, grande demais para ela e certamente culpado de ter atraído a criatura repugnante.

Encolhi-me na minha rede durante todo o final de semana, paralisada de pavor, evitando os olhos desconfiados da minha tia. Birra de adolescente, disseram, atribuindo minha zanga ao atraso do meu melhor amigo. No fim das contas, ele chegou mesmo muito atrasado, trazendo um botão de flor de chocolate, botão que eu só imaginei. Não me encontrou, que eu já tinha ido embora. E foi assim que, nem duas semanas mais tarde, por esta e outras razões, muitas mais, eu tentei morrer engolindo uma cartela de remédios da Vó, mas o hospital acabou dando um jeito de me devolver com vida para ela. Depois disso foi que ela me deixou ir embora viver com a tia.

Muitas vezes eu desejei, como naquele dia, ter cinco ou seis anos outra vez, quando eu punha a cabeça dentro de um saco de papelão, nas minhas brincadeiras solitárias pelo quintal, no meio das plantas, e acreditava que aquele artifício era o suficiente para estar segura, para não ser vista por ninguém, nem pelo velho da bodega, nem pelo homem no restaurante. Mas na vida, nós sabemos e eu aprendi bem, não há sacos suficientes para esconder uma mulher.

DEZ

O BRINDE

À nossa presença e ao turismo histórico na cidade, todos ergueram as taças, a maioria com cerveja, umas poucas com vinho. As previsões para o futuro eram otimistas, sorria o prefeito, toda hora agradecendo pelo nosso trabalho e enfatizando a importância da divulgação científica arqueológica naquela região. Eu concordava, os olhos esvaziados, pensando na projeção da minha pesquisa e escrita. As pessoas todas sorriam, com seus dentes brancos, dentes amarelos e dentes falsos, circundados por olhares empolgados. Exceto o do velho, que permanecia me olhando malicioso, como se eu estivesse nua e pronta para chamá-lo à minha cama e companhia a qualquer momento. Desviei o rosto, incomodada. Não é o velho da bodega, eu sussurrava do lado de dentro. E você não é mais uma menininha troncha e indefesa.

Algumas palavras de agradecimento, me pediram, já que os gringos não poderiam fazê-lo. Ao meu lado, o professor local que nos acompanhava me incentivou com um olhar amável e um aperto amigável e apoiador no ombro. Fiz, respirando fundo e disfarçando a perturbação no espírito como se tentasse passar uma borracha nas imagens que, segundos antes, tinham me atormentado a vista. Ignorei o carniceiro do outro lado das mesas e mentalizei os desejos mais ambiciosos para aquela viagem. Com o coração confiante, agradeci aos presentes e parabenizei a iniciativa, fazendo depois uma rápida tradução em inglês. Todos aplaudiram e os homens se abraçaram.

ONZE

DOIS DEDOS DE SONO

Não havia razão nenhuma para que ele me acompanhasse até o quarto no fim da noite. Foi por isso que, a contragosto, ele se despediu de todos nós na entrada do hotel, lutando contra o desejo de subir comigo e mandar o nosso segredo para o inferno. Eu estava realmente exausta. Os músculos das pernas estavam agitados e doloridos, por causa da trilha sob chuva mais cedo e dos sapatos altos ao longo da noite. Larguei os saltos, deixei a maquiagem no rosto. O cansaço enveredava pelas pernas e pés, mas também maltratava o peito e as têmporas, encaminhando desde ali a minha noite mal dormida.

Eu tinha uma desconfiança, sentimento que beirava um medo de olhos grandes que não podiam ser vistos no escuro, mas que certamente estavam lá. Então deitei, nunca encontrando lugar na cama, reforçando mentalmente minha fé nos dias próximos, mas com o estômago embrulhado do que poderia vir com eles. E se eu não estivesse preparada? Espichei o corpo e inspirei o ar frio do ar-condicionado para o confronto com a febre que eu sentia. E sei que adormeci saudosa daquele meu amante triste da separação momentânea, mas pronto por mim na manhã seguinte ou a qualquer hora que eu quisesse, eu sabia. Eu precisei muito, muito, ter sido dele naquela noite de meia insônia.

DOZE

ANCESTRAIS

Segunda foi o dia em que o céu abriu azul tinindo, manhã e tarde amarelas, queimadas. O sol escavava meus olhos e o suor descia pela nuca, empapando os pelinhos. E eu fiz de conta que a noite anterior, retumbante dentro do meu peito, não tinha deixado um gosto ruim. Doutro modo, eu não veria mais coisa de nada encantada e me deixaria levar pelas águas escuras e profundas daqueles dias cheios de dores que eu não podia nomear. Quando eu era apenas uma criança incapaz de dizer tristezas assim.

Naquela manhã, exploraríamos o sítio recém-descoberto e envolto de mistérios que tinha me trazido de volta, de fuga tão longe. Andávamos em grupo, ocupados das atividades dos pesquisadores e da minha própria. *Vous allez bien? I might take my skin off!*, eles diziam, entre risadas. Eu continuava carregando a câmera e o gravador, para fazer uma prévia de imagens e para registrar um ou outro comentário que parecesse precioso ao meu trabalho de escrita. Um dos trabalhos da minha vida, quem sabe.

Ele foi nos buscar muito cedo, pois tínhamos saída marcada para logo depois do café. Estava com o cabelo arrumado e eu conseguia imaginar o cheiro do seu perfume, fragrância que fez surgir no meu rosto um sorriso inesperado, quando eu terminei de comer e o vi, do lado de fora, encostado à porta do carro.

Tauá brilhava dourada, feito uma vertigem. E me ocorreu, acolhida pelas luzes do dia, pensar na grande descoberta que me tinha feito voltar lá. Um fazendeiro, terreno largo e antigo na família, acabado de explorar, descobriu longe na sua propriedade, quilômetros adentro, depois de abrir uma estrada, queimar o mato e revolver a terra, um pouco mais de duas dezenas de rochas com uma disposição intrigante, todas assinaladas com inscrições rupestres. Ia passar com trator e escavadeira, mas a filha não deixou. Ela comentou com a mãe e com o irmão universitário, que alertou o professor, que solicitou ao prefeito e este conseguiu liminar com ordem do governador. Foram feitas visitas e negociações. E o fazendeiro concordou em suspender o uso das máquinas naquele pedaço específico de chão, somado de dois quilômetros. Não tardou para que os contatos acadêmicos e científicos fossem feitos e pesquisadores de diferentes nacionalidades manifestassem desejo de visitar o sítio. Falava-se sobre aquela descoberta em muitos lugares. Que tinham supostamente encontrado uma cidade ancestral e sinalizada no sertão dos Inhamuns: a Cidade Encantada das Pedras.

Primeiro percorremos, com os veículos da prefeitura, uma estrada de terra com mais ou menos dezesseis quilômetros, cercada por mato verde, crescido e bonito por causa das últimas chuvas. Só depois é que os carros foram estacionados, à beira da estrada mesmo, e fomos orientados a continuar o nosso percurso a pé, por uma trilha de mais três quilômetros que levava até o sítio e cujo início estava demarcado por uma placa de madeira improvisada. Depois de quase quarenta minutos nossa caminhada chegou ao fim, quando foi possível vislumbrar, por entre o mato que começava a se abrir mais largamente, o mistério que nos aguardava.

Impressionante!, alguém exclamou atrás de mim, em língua estrangeira. E realmente era.

O círculo de pedras se erguia no meio da clareira recém-aberta pelas máquinas e homens da fazenda, disposto em vinte e seis rochas polidas e roliças de aproximadamente dois a três metros de altura e algumas toneladas ainda desconhecidas. Em cada um dos pesados monólitos, inscrições rupestres em diferentes tons de laranja e vermelho saltavam aos olhos, esperando para serem decifradas com suas formas humanoides e de outros animais, cercadas de astros e outros símbolos que eu não podia ler. As pinturas eram muitas e começavam desde o meio das rochas até o alto delas, como se contassem histórias ou fizessem registros de acontecimentos, alguns em ordem cronológica, eu arriscaria dizer.

A visão daquelas coisas me fez deixar a boca aberta pelo espanto. Então os ouvidos logo desistiram de seguir os passos animados das vozes dos colegas cientistas, no momento em que eu lutava para entender tantas e atravessadas coisas que meus olhos queriam me mostrar. Era como se encontrassem velhos conhecidos, um lugar no mundo que eu sabia ser como novo, mas que se apresentava de modo secretamente familiar, com suas imagens e sons e cheiros.

Enquanto os pesquisadores organizavam seus materiais de manuseio e coleta, iniciei uma caminhada curta e cuidadosa de pedra em pedra, para registros fotográficos. A luz do sol, o ar quente e os sons circulavam de um jeito diferente do lado de dentro das rochas, quase místicos. No meio deles, as mensagens ancestrais pareciam simples, mas certamente comunicavam muito mais do que eu supunha com a minha ignorância. Elas pareciam conversar sobre o céu, os pássaros e o sol, e sobre a terra e seus animais, cuidados e observados pelos homens. Eu quis tocá-las, acariciá-las. Então os meus olhos e espírito agradeceram, meio incertos, pelo direito de estar ali, quando tão pouco antes a ideia daquela viagem tinha me parecido tão indigesta.

Debaixo dos meus pés, o rastro de galhos e plantas deixado pela derrubada do mato murmurava com a minha passagem. Ele ainda teria de ser limpo depois, é claro, para que também fossem iniciadas as investigações sob o solo. Encerrei no peito os ruídos ao meu redor, fechei os olhos um instante e me deixei entrar na espiral do tempo, ouvindo apenas a minha respiração, o ar entrando e saindo. Tempo em que não havia tijolos ou cidades, nem homens bradando as palavras de deuses cruéis, mulheres preocupadas com o que vestir para a missa de domingo, dinheiros impressos a sangue, relógios para fazer as contas da vida ou papéis que se ler ou sobre os quais escrever.

Era tempo de apenas existir, sobreviver e supor a origem de todas as coisas, saciando a fome com as plantas ou a carne dos animais, naquela fundura de mundo cujas águas profundas secaram antes, muito antes de os primeiros homens chegarem. Teria sido um santuário? Um observatório astronômico? Um altar? Eu poderia muito bem ser sacrificada ali, no centro do mundo onde eu tinha nascido, como uma oferenda aos deuses antigos das pessoas perdidas, sem passado nem futuro, mas que existem, instintivamente, porque é a única coisa a ser feita.

O sol não queria conversa com as nuvens e nos abraçava sem reservas. E eu me lembrei da infância em meio a retalhos de costura, memórias esparsas sobre pés no chão de terra coberto de galhos e folhas secas, curubas nas pernas, lêndeas, beliscões, mochila com alça arregaçada, banho de cuia, funeral da mãe, ladainhas católicas, maus tratos, intrigas adolescentes, para de mentira, menina, eu dizia, quando falavam que minha mãe era puta e que eu não tinha pai. Não fosse por ele, meu único amigo e amor, eu não teria sobrevivido aos anos de escola.

Escutei a Vó me chamando, vem cá, minha filha, bença, Vó, eu pedia, Deus te abençoe e ilumine, meu amor. Nossos pés pisando a terra seca, dura, de chinelos às vezes remendados a prego, indo fazer alguma das visitas de costura ou de comadre da Vó, pelas ruas de Tauá, Carrapateiras ou nas fazendas mais longínquas. As lembranças anuviavam meus olhos e, na minha imaginação, confundiam-se imagens da minha infância com a de crianças ancestrais lutando para sobreviver em meio àquelas pedras. O relento que eu conheci foi doutra espécie, concluí. Mas era preciso abrir os olhos.

Com um chamado em inglês, o antropólogo americano acenou para mim, elaborando um comentário sobre Stonehenge, culturas aborígenes e medidas matemáticas. Concentre-se, repreendi a mim mesma. Enquanto isso, os pesquisadores reviravam a história e, dentro de mim, algo se revirava igualmente. Não eram ruínas, como eu tinha imaginado. Eram monumentos bem preservados para enfrentar o tempo e as intempéries da vida, rochas pré-cambrianas que sobreviveram aos primeiros oceanos. Eu nunca tive como fugir ou fazer desaparecer. O passado estava lá, forte e presente como na época de sua construção. E a visão era assombrosa.

TREZE

ADORAÇÃO

Quando voltamos ao hotel para um banho de intervalo, nossos corpos suados e exaustos da caminhada e do calor, mas excitados pelos segredos conhecidos nas últimas horas, ele me acompanhou até o quarto, levando meus equipamentos que, todos podiam ver, eu mesma era capaz de carregar sozinha. Folgada, essa mulher, eles provavelmente diriam, boca em boca. Mas ele não deu ouvidos à minha repreensão e entrou no quarto atrás de mim, colocando minhas coisas sobre a mesa mais próxima e não permitindo que eu fosse muito longe da porta ou permanecesse vestida da cintura pra baixo, não vou demorar, eu prometo, me puxando para perto de si.

Ele andava tão cheiroso, o pescoço gostosamente perfumado, as orelhas se oferecendo às mordidas e lambidas e a pele tão bonita, tão cheia de cor, escura e cintilante sob meus dedos e lábios pálidos.

Ele me beijava as curvas dos ombros e percorria os caminhos até o pescoço, sussurrando juras de amor como se fossem encantamentos capazes de atravessar a armadura de carne e músculos do meu coração, isso é destino, ele dizia, balbuciando feitiços conjurados sob a memória de pedras mágicas, peças de porcelana, joelhos arranhados e beijos na calçada da igreja matriz, feito coisa sagrada pelo poder da palavra do criador, que se ouvia perto do ajuntamento de gente, do carrinho de algodão-doce e da parte de rua e tijolos que se via iluminada.

Ajoelhou-se e começou a beijar meus próprios joelhos, umedecendo os pelos dourados ao redor, banhados de lua na semana anterior, no banheiro do meu apartamento em Porto Alegre, quando eu pensava nas saias e vestidos que poderia levar comigo na viagem.

A vida inteira eu passaria assim, ele murmurou, se você quiser e não *se você quisesse*, sugerindo, ofertando, perguntando, suplicando tantas vezes nos segundos que se expandiram dentro do silêncio com que o respondi, gemendo baixinho, prevendo que seus lábios e língua logo subiriam adiante, para molhar outros pelos, mais escuros, crescidos e macios desde a linha que marcava a altura da cintura que faziam minhas calcinhas.

E sem saber por quê ou sem insistir na inconveniência do momento, eu o deixei livre para continuar falando, em voz alta e em silêncio, como um mensageiro pelo ar e também nos desertos da pele, porque interrompê-lo custaria mais e eu não queria que a tristeza se apressasse, só mais alguns dias deste ensaio, eu pensei, rezando para o deus que estava na Vó, pois quando mais eu haveria de chegar tão perto, tão perto de ser amada por um homem e de querer amá-lo de volta?

CATORZE

ROSA

Naquela tarde, depois de tanto conjecturarmos a respeito da civilização que tinha vivido naquele espaço e das inúmeras razões por que teria erguido aquelas pedras obedecendo à geometria circular, acabamos por concluir nosso primeiro dia de trabalho com uma conversa sobre a domesticação de animais, por causa da atenciosa observação de uma das pinturas rupestres, na terceira rocha à esquerda da entrada da clareira, que mostrava formas humanas em companhia de bichos, no que parecia ser momento de repouso e não de caça.

Eu nunca tive um animal de estimação, exceto por algumas horas de uma quinta-feira de janeiro de anos atrás. Foi uma pequena e peluda gata encontrada na rua, com pelagem cinza e branca, e os olhos amarelos, abandonada numa colônia de gatos em Jacarepaguá. Eu estava de férias e, no meio do meu descanso, aconteceu de me comover, sobre a pequena, o relato de uma colega lá do Rio e a quem eu tinha acabado de visitar, explicando sobre o risco de morte, sobre não ter lugar para colocá-la, sobre estar sendo escorraçada pelas pessoas e outros bichos. Então eu busquei a gata, muito rápido imaginando que seríamos companheiras, que ela viajaria comigo, que cresceria saudável e seria bela, para fazer elegante e silenciosa companhia aos meus livros e bregueços em Porto Alegre, para onde eu a levaria depois que passasse pelo médico e quando chegasse a hora de voltar para casa.

Durante aquelas poucas horas de uma quinta-feira de janeiro, ela esteve comigo no meu quarto de hotel, muito fraca, em condição pior do que eu esperava, mas comendo o atum que eu lhe arrumei feito emergência e bebendo a água com que preenchi um pote de sobremesa. Ela adormeceu sobre a minha mão e também ao sol que entrava pela varanda, carinhosa, confiante e em segurança, e eu entendi que ela viveria depois daquele resgate e, também por algumas horas, meu coração esteve quase em paz, procurando na gata um reflexo da minha própria história de sobrevivência.

Mas naquele dia, mais tarde, já na presença de uma médica veterinária, descobri que a pequena carregava sua sentença, que andava com muita dor e que só por um milagre sobreviveria. E eu, que não acredito em milagres, apostei no desejo de viver que ela tinha e, para espanto e gratidão da minha colega, disse que fizessem o necessário, o que for preciso, eu falei, com o coração medroso e esmagado, assim como o da gata, que tinha sofrido um trauma e estava com seus pequeninos órgãos fora de lugar.

O que era preciso não foi suficiente e provavelmente não teria sido em outros mil cenários em que outra vez eu a veria partir bem na minha frente, os olhinhos doces perdendo o brilho e a cor depois de uma parada cardiorrespiratória e de tanta dor.

Os meus olhos não choraram, mas a respiração falhou muitas vezes enquanto eu sentia o terror do desamparo e o peso da impotência no meu peito, junto com uma pressão craniana que me fazia ter certeza de que eu desmaiaria, a qualquer instante, de tanta dor de cabeça.

Nada daquilo era justo ou fazia sentido, vir ao mundo por tão pouco tempo para só conhecer a dor, a fome, a violência e a solidão do abandono. Por algumas horas foi que Rosa teve uma identidade e a promessa de um lar, e conheceu o amor e o sono seguro. Por algumas horas foi que ela conheceu a segurança de ser amada e, eu sei que, à sua maneira e com as forças que tinha, ela me amou também.

    E quando eu me lembrei dela, a quem embalei com uma toalha vermelha, segurei com cuidado e chamei de filha, depois de muitas vezes dizer a mim mesma que nunca teria um animal de estimação, que não queria me apegar, que não teria condições de cuidar de gato ou cachorro, eu a amei outra vez e compreendi que fiz tudo o que pude e que ela conheceu o melhor de mim, certamente me retribuindo com o que estava ao seu alcance.

    E ali, eu pensei, enquanto tomava um gole de água e me preparava para fazer a trilha de volta à estrada onde estavam estacionados os carros, que talvez eu fosse como Rosa, e que a qualidade das minhas horas fosse proporcionalmente parecida com a das horas que ela teve, e que não havia covardia ou indignidade nisso, apenas a vontade de quem regula a vida e a morte.

    E a lembrança do pouco amor pode ser mais forte do que aquela da muita dor, compreendo, e sendo eu incapaz de dizer que apenas isso faz a vida valer a pena, sinto ao menos que pode nos confortar o bastante para que sigamos em frente, sabendo que não foi a primeira nem a última vez desse tipo de aprendizado.

QUINZE

QUINAMUIÚ

Da janela do meu quarto de hotel e através das persianas, dava para ver a imensidão rochosa que se erguia sobre a cidade. E eu observava o sol que se punha ali atrás, alaranjando os contornos da natureza imensa à minha frente e desejando poder voar, como os pássaros que faziam inveja ao longe.

Não tinha nada que eu quisesse fazer no hotel naquela noite. Depois de manhã e tarde de intenso trabalho, com mal uma pausa para o almoço, os colegas ingleses e franceses quiseram ir a um barzinho no centro, para escutar forró e tomar umas cervejas. Eu me desculpei. Precisava escrever, meus pés estavam doendo e tinha chamada de vídeo agendada com meu editor. Nada disso era verdade, exceto o primeiro item da lista.

Por isso eles me deixaram à vontade com os meus supostos compromissos e se despediram antes de subirem aos seus quartos, para tomar banho e trocar de roupa.

Alguma coisa acontecia com o meu corpo ali, na cidade em que eu tinha nascido. Era uma modorra frouxa, feito languidez espraiada de pele a osso. Talvez por causa dos calores novos, imaginava, passando a mão pelo pescoço e sentindo-a deslizar úmida e preguiçosa. Então eu o escrevi e perguntei se era possível subir o Quinamuiú à noite. Possível e bonito de olhar, ele me disse, compreendendo tudo sem que eu precisasse dizer mais coisas.

Quando éramos adolescentes, subimos ali uma vez, escondidos da Vó e dos pais dele, em dia de escola. Não entendíamos tanto de paisagem bonita ou de esconderijos luxuriosos, mas gostávamos de aventuras longe dos olhares dos adultos, modo que encontrávamos de ser independentes também. Eu não me lembrava da sensação.

Uma hora mais tarde, ele chegou. Foi discreto, estacionou do lado do hotel, onde não havia muita luz. Que lugar estranho, ele me disse sorrindo assim que eu abri a porta do carro e me sentei, relembrando as horas mais cedo, lá no círculo de pedras, e falando que aquilo com certeza era "coisa de índio", que era "povo criativo". Eu sorri de volta, o peito inundado de ternura, compartilhando com ele o que sabia sobre a natureza desses lugares e mais alguma coisa que eu tinha aprendido até ali, explicando a ele a importância daquela descoberta e de como ela tinha um imenso potencial de transformar a cidade de Tauá como ele a conhecia.

Antes de nos encontrarmos, eu tinha passado um bom tempo no banho frio e depois na cama, nua sobre a toalha molhada, pensando nas coisas imensas que eu tinha visto e sentido, dentro e fora de mim, como se o meu próprio corpo fosse uma extensão daquelas pedras e suas rugas e cicatrizes fossem registros delas. Eu precisava organizar as informações daquele dia inteiro, fotos, notas e gravações das considerações preliminares dos colegas, além da minha própria e romântica visão de jornalista e escritora sobre a cidade encantada. Noutra hora, eu decidi, divertindo-me com a ideia de um passeio secreto.

A noite no meio da semana foi um cálculo feliz e inesperado, pois eu não tinha como saber. A trilha subindo a serra estava deserta, tranquila, e fizemos o percurso de carro até onde era possível, pois não havia passagem para veículos de quatro rodas até o topo. Subimos então por cerca de trezentos metros e ele escolheu enveredar por um caminho pouco conhecido, fora da estrada principal, mas sempre subindo, à procura de um lugar onde estacionar e ficar a sós.

Eu precisava fumar um cigarro. Não houve tempo. Mal parou o carro, ele já estava sobre mim, meu corpo, a pele úmida debaixo do algodão. Sempre os calores, eu refleti, com pouco discernimento. Aqui dentro não, eu pedi, ansiando pelo vento, pela vista, pela contagem das luzes lá embaixo e pelo cheiro do sertão que carregava segredos criadores.

Saímos do carro aos tropeços e deixamos incompleta a tarefa de tirarmos nossas roupas, por causa da ansiedade do meu amante e do prazer que eu sentia em fazê-lo satisfeito. Tauá parecia serena, povoada e ignorante dos nossos suores e gemidos, e das plantas e suculentas que floresciam na terra que nos rodeava e por todo o meu corpo alimentado, em plena e generosa rega, pelo homem que me amava, entregue.

Fiquei de costas para ele, de joelhos na terra e arranhando um deles mesmo com o jeans abaixado. E enquanto ele me tomava por trás eu pensava, movida de prazer e sem nenhuma clareza, nas tantas coisas que significava viver, nas memórias, no destino e, ingenuamente, no tempo que me restava ali até a despedida.

Eu estava embevecida com tantas sensações, os pensamentos perdidos entre imagens do círculo de pedras e os sons que ele fazia ao me comer, quando fiz o convite para o gozo duplo. Goza comigo, eu pedi e repeti, e ele gozou, obediente. Estávamos ofegantes, enfeitiçados. Fizemos amor até que nossos olhos não vissem mais coisa alguma e nossas bocas rissem soltas, de pulmões sinceros, nossos corpos seminus outra vez largados sobre mato e terra, debaixo de todas as estrelas.

Convidei-o ainda para um cigarro, depois de uns minutos de descanso. Ele recusou. Disse que alguém poderia sentir o cheiro, que não usava drogas. Quanta bobagem!, eu ri, vão sentir coisa nenhuma, criatura! Nas bandas onde estávamos, o vento sentia tudo primeiro. E devorava os ares em derredor feito mágica.

Parece um sonho, você aqui, ele me disse, olhando as luzinhas de Tauá e fingindo que não se incomodava com a fumaça que eu soltava. Eu sorri. Todas as coisas são como um sonho, quando não estamos tendo pesadelos, eu disse distraída, pensando na minha descrença em Deus e concluindo que não éramos coisa nenhuma, afinal, porque a matéria do sonho não sobreviveria ao fim da vida. Ao nosso fim.

Ele ainda me olhou longamente, em silêncio e com olhos luminosos, dizendo seu amor através deles enquanto acariciava meus cabelos e perscrutava os meus próprios sentimentos, até que eu o interrompi e o chamei de volta às roupas ausentes e ao carro, que logo as pessoas dariam pela nossa falta.

Nós descemos a serra com as luzes apagadas, amorosamente irresponsáveis, para que eu pudesse continuar a ver melhor as estrelas. E ele me beijava e cheirava, dirigindo devagar, sem querer se apartar hora alguma.

Depois de me levar de volta ao hotel, cumprimentamo-nos com convincente formalidade e desejamos boa noite, como que depois de missão oficial. E eu, sem querer adormecer, só conseguia afastar as ameaças de maus pensamentos, com a lembrança de como a montanha estremecia debaixo do nosso resfolegado abraço, imaginando se os tremores teriam alcançado, por debaixo da terra mais profunda, as rochas encantadas do sítio descoberto. Alguma coisa, no entanto, não se fazia sentir bem. Era como um gosto amargo na boca, um mal-estar para o qual chá nenhum faria efeito de alívio.

DEZESSEIS

MUSEU REGIONAL

Eu acordei naquele dia com o peito atribulado, como se houvesse uma gravidez indesejada crescendo por dentro do tórax, empurrando com força os pulmões e encurralando o coração. Meditei durante o banho, acompanhando a minha respiração de criança destrambelhada e pressentindo uma desordem, friagem fora de tempo. Não tinha por que ser, pensei. Todas as coisas permaneciam bem encaminhadas. A pesquisa, a redação da matéria, os contatos com o meu editor e até o prazo de validade do meu romance clandestino.

Coloquei um vestido leve, para amenizar os calores nas pernas, mas sem me dar conta de que isso facilitaria os suores.

Depois do café e de uma cansativa conversa sobre medições de rochas, a respeito da qual me vi obrigada a tomar notas, nós pouco esperamos pelos motoristas na entrada do hotel. Na verdade, ele já estava lá, de sorriso, brilho nos olhos e nos cabelos bem penteados. Faltava o outro. Quis saber da minha noite, do meu sono. E entre uma e outra pergunta, molhava os lábios com a língua, de propósito. Eu desviava os olhos e os pensamentos.

Oito horas, talvez uns minutos a mais, foi quando chegamos ao museu. O calor outra vez queimando a minha nuca, já àquela hora da manhã, criava desejos suados no meio das coxas, quentura visível a olho nu, feito uma vontade discreta de banho gelado e de resolver todas as minhas ansiedades e pendências dormindo com o meu melhor amigo, como eu tinha feito na noite anterior.

Nós aguardávamos a abertura das portas do museu, pois tínhamos reunião marcada com a professora que administrava o lugar e que era uma estudiosa da história dos Inhamuns. Um pouco antes da viagem e também durante o voo, eu tinha lido muitos trechos da sua pesquisa, para tentar entender a importância daquele acervo, ainda subvalorizado. Ela quase chegou ao mesmo tempo que nós. Foi simpática ao nos receber, fazendo perguntas sobre a viagem, falando num inglês vagaroso, mas claro, e continuamente nos arrebanhando de maneira afetuosa para junto de si e dos tesouros do lugar. Venham, queridos e querida, isto aqui é uma verdadeira preciosidade, vocês vão ver, ela dizia sorrindo.

Quase dois mil artefatos arqueológicos e paleontológicos estavam dispostos ali, no meio dos quais era possível ver inscrições rupestres, urnas funerárias e outros instrumentos pré-históricos feitos pelos índios ancestrais dos Inhamuns. Perdi os olhos no fóssil de um peixe, milhões de anos cristalizados bem ali, ao meu alcance finito e em breve não mais. Sim, eu fiquei deslumbrada e, talvez, um pouco enciumada, de saber que tudo aquilo que eu sempre tinha ignorado também representava parte da minha história de Feitosa, do universo onde eu tinha nascido e me criado, com seus xique-xiques em terra dura batida, animais soltos para a vida e a morte, e gente de fé no sertão e no Deus que o tinha criado. Meus olhos quase quiseram chorar, guiados por uma emoção instintiva de me saber com começo, meio e fim, algum dia.

Os pesquisadores observavam tudo de perto e puderam inclusive examinar alguns itens, especialmente aqueles que ajudavam a elucidar a ancestralidade das rochas que revisitaríamos, pois havia muitas amostras semelhantes ali, já datadas. Concentrei-me na mesma atividade, sempre volvendo aos esforços necessários para realizar o meu trabalho. Eu não podia, sabemos, esquecer aquela que eu julgava ser a verdadeira razão de estar ali.

Por algumas horas estivemos estudando os itens do museu, modesto em estrutura, mas rico em patrimônio, escutando as palavras da estudiosa que o administrava e já prevendo uma expansão para aquele lugar e que certamente seria proporcionada pelos investimentos que o novo sítio arqueológico traria para a cidade de Tauá.

Fizemos um brinde com nossas garrafinhas de água. As risadas dos meus colegas me deixaram mais leve, apesar do calor.

Na minha cabeça, ocorria a elaboração de um parágrafo que, ao menos ali e provisoriamente mental, parecia excelente. O texto fluía, meu editor acenava satisfeito via e-mail e aplicativo de mensagens instantâneas. Estávamos negociando, inclusive, a colaboração com outro veículo, para transformar minha pesquisa em mais uma matéria de capa.

Deixamos o prédio animados para a próxima refeição do dia, ouvindo sugestões de restaurantes dadas pela nossa anfitriã. No fim da rua, as pequenas e coloridas casinhas, ao largo de uma praça, me deixavam com um ligeiro desejo de ficar mais por ali, de conhecer e viver a cidade onde eu tinha nascido, de visitar os lugares que eu tinha frequentado na infância e de, quem sabe, até assistir a uma missa na igreja matriz.

Quando finalmente formalizávamos despedidas e agradecimentos, ele me abordou discretamente e disse que aquilo que me restava de família tinha sabido do meu inesperado retorno a Tauá. Foi por meio dele, ali mesmo na rua, que eu recebi um recado da minha tia, dizendo que me esperavam para o almoço. Senti uma náusea quase instantânea. E os calafrios, evidentes no meu suor, denunciaram o medo e a má vontade. Vá, mulher, ele disse. É sua família. É a casa de sua Vó.

DEZESSETE

O ALMOÇO

Meu tio, a quem eu via pela primeira vez, foi me buscar à porta do museu, trazendo no rosto branco e sob a testa calva uns olhos desconfiados e tímidos. Era um homem que aparentava ter meia idade, com traços familiares, embora eu não soubesse dizer a quem pertenciam, e que chegou dirigindo um carro novinho, de ano recente e com bancos de couro. O convite tinha sido feito e transmitido sem brecha para recusa, coisa muito clara, usando o nome da Vó em vão. Eu não sei por que aquela minha tia, a mais velha das três irmãs, havia arranjado esse reencontro. Não porque teria sido o desejo da Vó, antecipei, que tinha morrido antes de me ver mulher e se afligido com as dores do adeus quando fui embora, sem dar ouvidos ou olhos para o seu desgosto sem lágrimas. Alguns deles falavam que eu a tinha matado. *Terminado de matar*, modo de dizer. A mãe que teria começado.

Aquela era uma ferida cheia de pus, continuamente inflamada, como as grandes culpas da vida que nos observam no sono e no despertar, e depois andam conosco de mãos dadas pelo resto do dia. Quando a mãe morreu, eu tinha dois anos. Meu pai eu nunca conheci, como meu avô. E quando todos viraram as costas pra mim, que eu tinha duma vez no sangue a luxúria e o desamparo, a Vó me acolheu, disse que eu não tinha escolhido como vir ao mundo e cuidou de mim como se eu fosse sua. E eu era.

 A verdadeira tia, a outra desgarrada, filha do meio e carne e unha com a minha genitora e caçula trabalhosa, foi embora para o sul e quis ter me levado desde o começo, mas a Vó não permitiu. Para o bem ou para o mal, não sei. Sei que eu nunca senti, desde que me lembro, que os meus pés fizessem raiz em Tauá. Culpavam o pai caminhoneiro e a mãe mulher da vida. Naquela época, como hoje também, mulher livre era o mesmo que puta.

 Por isso eu já entrei naquela casa sem ter muito onde colocar os pés, o que não era tão diferente de quando eu era menina. Agora era a minha tia quem tomava conta, única da prole que permanecia viva e que tinha ficado em Tauá para herdar as coisas todas da Vó. Exceto pela estrutura original da fachada, cuja cor, no entanto, não era mais verde, tudo estava meio irreconhecível. A casa toda na cerâmica e forrada, sem ver telha. Uns móveis bonitos. As paredes com fotos coloridas e recentes, impressas em gráfica e não mais reveladas em filme. O que ela teria feito com os objetos da Vó? Com o copo velho, sagrado e robusto de alumínio, que ficava numa das poucas prateleiras que tínhamos na cozinha? Com as fotografias antigas em preto e branco, logo na entrada, depois do alpendre com chão de cimento e que agora estava cercado de grades e com piso bonito e brilhante? A casa onde eu tinha crescido não existia mais. E eu só sentia uma estranheza, um não sabor outra vez, no meio dos grandes nadas daquele retorno sem passado e, mal saber, sem futuro.

 Aquela tia certamente tinha se encarregado da limpeza de qualquer lembrança minha ou das irmãs. Silenciei as perguntas no peito. Se ela teria doado, jogado fora… Melhor não saber, melhor não incendiar.

Ela não me abraçou ou beijou. Passou por mim com uma saia rodada, um sorriso falso, dando ordem para o serviço dos pratos e talheres. Meu tio só obedecia. Eram evangélicos, agora, e nem sinal mais do antigo retrato do padre Cícero que ficava na parede central da sala. Então ela me cumprimentou pelo meu apelido infantil, insistindo em não me olhar nos olhos, enquanto ajeitava dois primos pequenos, ranhentos, que não ficavam quietos nas cadeiras da mesa grande de seis lugares. Falei boa tarde, procurei lugar para sentar e ensaiei uns sorrisos amarelos, resistindo amargamente ao desejo sobrevivente de sair dali. Fui obrigada a falar um pouco sobre mim, entre uma e outra mordiscada na refeição e muitas vezes interrompida pelas crianças mal-educadas, mas bem penteadas. As roupinhas pareciam muito limpas, bem cuidadas, apesar da tosse com catarro de uma delas. Não tinham jeito de que eram beliscadas com frequência como eu fui, tantas e incontáveis vezes, pelas mãos daquela mãe de poucos anos, minha tia. Será que ela os amava?, atrevi-me a pensar, com uma dor na cabeça. Então ela destrambelhou a falar. Tentei me concentrar, mas fui traída pela ansiedade no estômago e pela visão de uma gata magra com ninhada, vislumbrada pela porta que dava para o quintal. Estiquei o pescoço para ver melhor, dali de onde estava. Cimentado, sem plantas nem bichos de criação. O poço? Aterrado, ela mesma disse, falando do perigo para as crianças. Que a filha da fulana tinha morrido assim. Mentirosa.

    Nada, absolutamente nada era como antes, exceto pelo mal-estar que ela me causava, pelo medo sem nome que me fazia querer chorar por ter tido uma infância de miséria, não da falta de comida ou de rede onde dormir, mas da falta de amor, um tipo de amor que nem a Vó, que me quis tanto, soube como dar, porque não era carinhosa. Tinha sido ali, embaixo daquele teto, sem a mãe e guardada pelo afeto rústico e de pouco toque da nossa matriarca, que eu tinha enfrentado os primeiros quinze anos de vida, tentando entender o porquê dos descarrilhos, da aridez e dos sonhos desnutridos, mal aguados numa terra que aparentava nunca florescer e de onde parecia que eu tinha que fugir, precisava fugir, se quisesse encontrar uma resposta. Nunca encontrei. E agora eu estava de volta, sentindo e lamentando e buscando as mesmas coisas, sem saber quanto tempo mais eu ia aguentar.

Além do meu tio, uma comadre dela estava sentada conosco, uma mulher madura e provavelmente da igreja, e um primo de quem eu não me lembrava estava para chegar. Eles todos comiam, homem, mulheres e crianças digladiando garfos, facas e colheres na louça temperada, mastigando alto, mas silenciosos nas palavras, porque só ela falava, o tempo todo falava, incentivando-os a concordarem com tudo que saía do seu coração maldoso.

Os meus pulmões quiseram falhar. Fiquei ali com um princípio de falta de ar, sem jeito de ser e prosseguir, e acabei perguntando se havia alguma foto, uma lembrança. Não fui forte o bastante. Devem estar por aí, ela disse, com um gesto desinteressado de mão, não vale a pena procurar, o desprezo mesmo na voz. Mudou rapidamente de assunto e voltou a me fazer perguntas, se viajava muito, se ganhava bem, se tinha namorado, por que ainda não tinha filhos e não era casada, como meu melhor amigo, estava sabendo? Ou como ela mesma, que tinha casado com o filho do velho, estavam reformando uma casa grande e em breve iriam se mudar, um casamento feliz, preparado por Deus, ela disse, depois perguntando se eu me lembrava do seu falecido sogro, dono do mercadinho lá no centro.

Meu estômago revirou e eu levei a mão à boca, temendo não ser capaz de segurar os poucos bocados de comida que tinha forçado para dentro. Com um esforço sobrenatural para manter a lucidez, respondi a tudo muito vagamente. Ah, que benção, parabéns, debochou, acrescentando que eu era mesminha filha da minha mãe, que não queria nada sério da vida. A partir dali, não pude continuar. Levantei-me, tonta de raiva e com o peito já implodido do choro que não se podia ver, e anunciei minha saída, para longe dela, a mesma bruxa má e fodida que tinha arruinado a minha infância. Todos me olharam atônitos. E ela, com a voz tremida e um caroço de arroz pregado no canto da boca odiosa, falou, um garfo apontado para o meu rosto, que quem abandonava família era porque nunca tinha feito parte dela. Você não é família, respondi, indo embora sem retornar a cadeira ao seu lugar.

 E o meu casco frio de jornalista e escritora, trincado em tantos lugares desde antes da minha chegada ali e cujas lascas primeiro se revelaram quando a morte da Vó se tornou parte do meu conhecimento, arrebentou-se de uma vez, deixando à vista as fraquezas e dores que tinham suas raízes apodrecidas fincadas no coração das minhas memórias tristes e da minha identidade desarranjada.

DEZOITO

AS RUAS DO LADO DE DENTRO

Eu sentia um enorme desgosto de estar ali. Uma lembrança de muitas mágoas, desabafei para ele depois do resgate apressado, quando eu o liguei do meio da rua, a voz embargada, implorando que viesse me buscar. O sol terminava de escaldar as pedras e queimar os cabelos, o pescoço e a alma. Eu queria chorar, mas não conseguia, e ele percebia bem o tamanho da angústia que eu levava presa na garganta, sentindo-se igualmente angustiado em não poder me ajudar.

Descemos de carro a avenida que beirava a lagoa no parque da cidade, ali pelo centro, onde havia um letreiro no calçadão: TAUÁ em grandes letras brancas e turísticas. Tem um café muito bom ali, ele disse, quando eu perguntei se havia um lugar onde tomar uma xícara e fumar um cigarro, mas não vou poder ir contigo. Você vai mesmo ficar bem?, ele perguntou, antes de dizer que tinha de deixar os pequenos na avó, que a mulher precisava ver médico. Mas eu te levo de volta ao hotel, insistiu, calando-se só depois de eu rejeitar a ideia pela quarta ou quinta vez. Fica em paz, resolve suas coisas, quem sabe mais tarde, falei, tentando sorrir, dizendo que poderia pegar um táxi, fazer uma caminhada. O hotel fica muito perto daqui, ainda acrescentei, pensando não na saúde da mulher, mas no tempo que essas consultas levavam. E, por fim, com uma mágoa ciumenta no peito, cuide da sua família, eu disse, esboçando um sorriso e sentindo na língua o amargo que essa palavra deixou ao passar.

Ele ainda relutou, mas eu afirmei, com falsa convicção, que naquele momento eu precisava estar um pouco só, que tinha muito o que fazer em vez de me perder lamentando aquelas coisas. Noutros tempos, eu teria dito que não tínhamos nascido pregados um ao outro e, sorrindo com o pensamento, me despedi, desci do carro e fui atrás do café, que acabava de ser aberto. Tinha vista para a lagoa. Sentei-me numa mesa reservada do lado de fora, à sombra do prédio e, forçando distrações, fiquei olhando os caminhos de partida do sol, saudando a chegada da brisa que fazia pequenas ondas na superfície das águas ali. Alguém me ofereceu um cardápio e eu pedi, depois de passar os olhos por tapiocas recheadas, cuscuz com queijo, sanduíches, sucos e doces, por um café, maior que tivesse, sem leite, nem açúcar. Era um pedido não do paladar, mas do coração.

Fiquei ouvindo as vozes de umas crianças que chegaram pouco depois para brincar num parquinho ali do lado, acompanhadas de seus pais que, assim como eu, procuravam conforto no entardecer. E conversei, muda de dor, com as palmeiras que começavam a dançar, aos poucos, no ritmo da brisa que chegava e parecia ficar à vontade, encorpando-se com a noite que se anunciava para dali um par de horas, muito mais cedo do que eu estava acostumada lá no sul.

A lembrança daquela tia, no entanto, ia e vinha, do caroço de arroz e dos olhos que, sempre soube, me odiavam, um ódio de morte. Àquela altura, sem nenhum esforço, já o passado assombrava o resto do dia, meus pensamentos, a viagem inteira. Ela queria ter sido filha única ou, pelo menos, a favorita, sempre fazendo os gostos da Vó, trabalhando, indo à igreja, afirmando que casaria virgem, comprando as coisas para dentro de casa. Mas não importava, ela achava. Porque a Vó queria saber era de mim, filha daquela outra que nem tinha trabalhado, nem casado virgem, mas engravidado de um homem qualquer naquelas beiras de estradas, morrendo sem dar suspeita e deixando o fardo para elas criarem. Eu sabia de tudo isso. E esse conhecimento voltava com o carro na frente dos bois, atropelando o mato crescido e derrubando tijolos, machucando o cimento e revelando essas memórias que eu tinha, a tanto custo, feito enterrar nos cantos da cabeça e do peito. Veio o café, que eu beberiquei automaticamente, ansiosa pelo amargo na boca. Reparei numa pintura de Chaplin, nas poltronas vermelhas feitas de pneus e barris metálicos, tudo muito aconchegante, simpático, talvez um bom lugar para escrever uma parte do meu texto. Certamente mais inspirador que o quarto do hotel, pensei, logo distraída por ela, a voz dela, talvez de propósito apresentando o marido e perguntando se eu lembrava do velho seu sogro, o abusador, e dizendo que eu nunca tinha feito parte da família, como quando eu era criança e ela me disse, muito séria, como um segredo que não poderia ser mencionado para a Vó, que eu tinha sido deixada ali na porta por um andarilho, vendedor de couro, maldita, eu chorei, correndo para perguntar se era verdade, olhe, você não faça essas maldades com a bichinha, me consolou, acariciando rápido os meus cabelos e voltando para a costura.

 Eu, ela e Vó. Nós três, durante metade da minha vida, dividindo aqueles cômodos pequenos, redes armadas muito próximas, sob sol e chuva e também quando os domingos se findavam, depois das missas. Quando eu ajoelhava e pedia, cheia de fé, que minha vida fosse diferente e que a minha tia gostasse de mim. Ou, mais tarde, que a mãe fosse viva outra vez, para vingar o tratamento que a bruxa me dava. Nem assim, lembrando todas essas coisas, veio-me uma única lágrima.

Queimei a língua, mas não fez diferença. Era bom ter em que fazer o corpo todo pensar, sentir. Dali para o hotel, pesquisei rápido no celular, não eram nem vinte minutos de caminhada. Paguei a conta, agradeci e levantei, viva por obrigação. Textos, e-mails, mensagens para responder. Eu caminhava pelas ruas todo tempo enumerando tarefas para aquela noite, o desejo de me sentar para conversar sobre ciência, especular sobre o sítio arqueológico, beber uma cerveja com os gringos. Acendi um cigarro. A vontade, no entanto, não dava jeito nas lembranças ruins.

Como naquela vez em que ela me empurrou contra a parede da cozinha, batendo minha testa contra uma das prateleiras, me acusando de ter comido um pedaço de bolo do aniversário de sicrana. Eu não tinha nem dez anos, eu sei, nem tinha comido bolo nenhum. Depois disso, puxou meus cabelos e me chamou de buliçosa, peste mal-educada, batendo no meu rosto com a mão aberta. Se a Vó não estava por perto, dizia que me odiava. Se corria o risco de ser surpreendida, fazia de conta que era carão de irmã mais velha, de tia mesmo, que ajudava na minha educação. Foi assim que eu desaprendi a chorar, porque não tinha efeito nem significado. Chorar para quê? Ninguém acreditava. Ela ama você, minha filha, vocês têm o mesmo sangue, eu ouvia. E muitas vezes eu quis mesmo acreditar que me amava, só não sabia como demonstrá-lo, porque a vida a tinha feito bruta, maljeitosa para carinhos, igual à Vó. Só que não podia ser. Não podia ser, imagine, se nunca, nunca naqueles dias, eu era capaz de sequer desconfiar de que a gente podia ser feliz e tratada com chamegos. Havia algo errado em estar triste, continuamente triste, pequena e só. Sem lugar no mundo.

Parei diante da paróquia, tantas vezes frequentada ao lado da Vó. Ali, na calçada da igreja matriz ao redor da qual cresceu a cidade, foi onde brinquei criança e comi algodão-doce, mas também rezei e cantei louvores. Nossa Senhora do Rosário, quantas rosas te ofereci, ainda menina, em troca de ter uma vida com afeto? Pisei o cigarro no chão e segui, passadas largas, ritmadas, acompanhadas da fumaça que me escapulia pelos lábios. O céu escurecia cada vez mais rápido. Quando me dei conta, interrompida a consciência magoada, percebi que tinha feito caminho inverso, não em direção ao hotel, mas o que levava ao cemitério. Estremeci. Ali, no São Judas Tadeu, estavam enterradas a Vó, a mãe e o meu vô. Respirei fundo, espreitando um novo choro sem lágrimas, e acendi outro cigarro, cumprimentando os pensamentos que aquela nova visão me trazia. Pensamentos não da Vó, mas da mãe.

DEZENOVE
A MÃE
ou ELEGANTES DO MUNDO EQUÍVOCO

Um ex-namorado, também nordestino, na faculdade de jornalismo lá em Porto Alegre, costumava insistir em me chamar pequena Jovita, como se houvesse não apenas graça, mas também verdade no apelido. Ela também era órfã de mãe, você sabe, ele dizia, acrescentando que, assim como ela, eu tinha fugido adolescente das origens modestas para decidir, com paixão, o meu próprio destino. Eu dava risada. E apesar de achar a bobagem meio lisonjeira, encerrava o assunto dizendo que me faltavam, no entanto, dois tipos de amores que me valessem a própria vida, como aconteceu à outra Feitosa: o de pelejar por um país e o de um homem. Então ele ria de volta e eu silenciava, secretamente, nas noites em claro e muitas vezes depois do sexo, as lembranças da mãe envolta de amores clandestinos e morta na doçura da juventude, depois de tantas vezes maldita pelas bocas alheias. Ela seria Jovita, não eu.

Os meus pés se recusaram a continuar adiante. De frente para o portal que guardava a entrada do cemitério, o cigarro queimando entre os dedos, alheio à minha desesperança, eu cedi à enxurrada impiedosa de memórias da mãe, construídas não pelo meu olhar de menina e adolescente, que nunca a conheceram, mas pelos olhos e palavras dos outros, quase sempre maldosas e inquisidoras. A história sabida era mais ou menos assim: que a mãe desde cedo gostava de estar nas praças, não na roça nem na costura, mas junto dos moleques salientes, sem querer saber nem de estudar. Vivia alvoroçando os homens, jovens e maduros, com sorrisos e gaiatices que deixariam até Deus encabulado. Pior de tudo: não falava em casamento. O que queria da vida uma criatura dessas? Pois muito claro. Na boca do povo, virou puta, ou, como diriam de Jovita, uma elegante do mundo equívoco, embora nunca tenha recebido tostão para amar, eu sei. Foi então, bem feito e de se esperar, castigada com enganos por um caminhoneiro jovem e bonito que vinha dos lados de São Paulo. Apaixonou-se e ouviu que era correspondida, mas, nunca mais, depois que ele partiu para Juazeiro, diziam, teve notícias, enquanto via a barriga crescer e o seu nome cair no gosto da maledicência local. Eu nasci no tempo certo, e ela morreu no tempo errado, de causas naturais, dois anos depois. E o resto da minha vida, ouvindo falar dessas coisas e sendo comparada à Jovita, era só disto que me fazia lembrar, era só o que eu conseguia transformar em desejo: de como eu teria sido feliz, no meio daquele sertão, de ter um bacamarte ao alcance da mão, que me pudesse tirar a vida e salvar. Suspirei, os olhos sempre secos, e dei meia volta. Mais tarde, no hotel, não encontraria nenhum dos colegas de pesquisa pelas áreas comuns, pois todos tinham arranjado para fazer coisa melhor do que me esperar daquele almoço sem fim.

VINTE

A TORRE DO CASTELO

Lá estava eu, mais uma vez, precisando do meu primeiro amor, da sua presença, seu cheiro, sua voz que, extraordinariamente, sempre parecia estar no tom mais acertado para que eu conhecesse alguma paz. E foi assim que, nem bem uma mensagem enviada, ele chegou para me salvar e consolar da profunda solidão que eu sentia e da conta já perdida do álcool bebido no meu quarto de hotel. Se pouco me lembro, é porque estive com a mente embriagada.

Andávamos em segredo, depois de silenciosos e discretos na estrada, e de estacionar ao lado da escola do distrito, sem pé de gente àquela hora incerta da noite. Os sons dos galhos se partindo de encontro ao peito e debaixo dos pés corriam apressados pelos ouvidos, num agito de folhagem que preenchia a caminhada noturna que fazíamos, entrando pela madrugada no meio do mato perdido de Carrapateiras. Os estalos se arrepiavam com o frio de deserto, iluminados por uma lua grande, noutro céu sem nuvens e esparramado de estrelas.

A professora tinha ensinado como chegar lá, naquela manhã, mas eu não era boa para esse tipo de aprendizado. Ele, ao contrário de mim e, certamente, dos cientistas também, havia prestado muita atenção, quem diria, sempre ao pé da cerca, ela tinha explicado, sempre ao pé da cerca até alcançar a ponta assinalada que ficava na altura do terreno onde se achavam as inscrições rupestres. E assim fizemos.

Era preciso ter muito cuidado com os cansanções e os mangangás. As folhas deixariam a pele irritada e coçando, e as abelhas fariam inchaços doloridos, caso fôssemos picados. Além disso, tínhamos de ter atenção aos espinhos, por toda parte coroados, fazendo a defesa dos cactos e de suas flores doces. Seguíamos pela trilha recém-explorada por nós no domingo. O cachorro, o mesmo cachorro da manhã de chuva, continuava guardando o portão e seu cadeado na madrugada, quando saltamos sobre ambos para adentrar em propriedade alheia, em busca do consolo dos nossos ancestrais. Eu ia tonta e com medo de ficar perdida no meio daquela imensidão de vegetação rasteira e idêntica, você tem certeza se é por aí?, eu perguntava, ansiosa, sempre ao pé da cerca, ele respondia cantando, todo tempo segurando a minha mão para me deixar mais tranquila. Éramos doidos, como sempre.

Depois de uma trilha que pareceu interminável e igualzinha em metro, galho e folha, nós finalmente alcançamos a rocha que se erguia, imponente, no meio escondido: a Torre do Castelo. Fazia frio e, quando eu já ia me queixar dos braços descobertos, para despistá-lo sobre as verdadeiras dores que se faziam sentir como uma deterioração por dentro, pareceu-me ver nas sombras uma agitação dando a volta nas pedras, embora não tivesse perigo de ter alguém ali além de nós. Fui atrás, emocionada outra vez, mais uma vez, deixando mãe, tia, Vó e o meu companheiro em meu encalço, para farejar o desconhecido, as raízes cactáceas, o passado e o futuro. Ali, sobremaneira inexplicável, eu me sentia alguém. E então eu vi, duvidando dos meus próprios olhos, as pedras que brilhavam na noite, brilhavam!, fazendo inchar, dentro do meu coração, o Sertão da

Vó que tinha me feito e amado e de onde pululavam histórias de imensidão, cartas para os deuses, sobrevivências inóspitas e sonhos que ainda não eram reconhecidos como tais.

Escalamos as rochas até o topo, ele me olhando desconfiado e vigiando a segurança dos meus pés bêbados, enquanto nos meus lábios jaziam o espanto e o inexprimível. Eu não pude dizer palavra. Ia me chamar de louca, eu ri, sussurrando formas diversas de agradecimento. Deitei-me sob as estrelas e ofereci a mão ao vazio, pedindo perdão, para que fosse tocada e aceita pelos habitantes, visíveis e invisíveis, daquelas partes encantadas, onde havia um castelo sem rei e sobre as quais a Vó dizia, sempre misteriosa, que tinham dado origem a todas as coisas. E ela emendava, na forma de um pedido para a criança que pouco compreendia, que eu nunca esquecesse aquele meu lugar no mundo: estas pedras de Tauá são mágicas, minha filha, ela dizia, tenho certeza. Tanta boniteza não podia ficar por isso mesmo.

Naquela noite de lua, eu soube, o sertão era maior do que o mar. E nada, absolutamente nada poderia ter importância diante de tudo aquilo, da origem do mundo, de todos que vieram antes e que viriam depois, amontoado de átomos, nós éramos, mas parte integrante da natureza que nos tinha dado origem. E era nisso que eu pensava, continuamente pensava, enquanto ele me tomava sobre a rocha e as estrelas assistiam a nós, infiéis, os terríveis infiéis, alheios a quem mais vivia, ao que mais vivia. Foda-se a minha tia, eu pensei, foda-se esta dor. Eu, ele, o castelo e as estrelas éramos o que importava naquele momento. Nós éramos o mundo inteiro. E éramos.

VINTE E UM
O PRIMEIRO

Um avião imergia no céu nublado, parecido um pássaro que não batia as asas, e aqui embaixo nós caminhávamos para a escola, pegando o atalho pela igreja evangélica que estavam construindo e que, em breve, seria uma novidade mais bem-sucedida que a do padre. O carro do gás passava na mesma hora, tocando a sua melodia de namorados tristes, mas que já era símbolo das cozinhas modernas de Tauá. Mi, ré, mi, ré, mi, si, ré, dó, lá, e o dia friinho daquela época de chuva nos rodeava e recomendava um para o outro. Era belo e eu sabia, apesar da pouca idade. Meu melhor amigo segurou a minha mão e nem precisou dizer nada, porque os olhos dele eram zoadentos o bastante. Tínhamos uns dez, onze anos e já sabíamos de muitas formas possíveis para expressar o que sentíamos e para sentir o que desejávamos. Foi minha a iniciativa de abraçar seu rosto quentinho com as minhas mãos frias de menina e de beijá-lo, incerta sobre o encaixe dos lábios, os embrulhos na barriga e os tremeliques nas pernas. Aquele dia se transformou, para mim, em duas certezas: a primeira era a de que ele seria meu dali e para sempre; a segunda era a de que ele me amava e que, de algum modo, não igual, eu o amava também.

VINTE E DOIS
ELE
OU A JANGADA E O FAROL

Rogo a Deus pela chance de poder fazer isso para o resto da vida, ele me disse, logo depois que eu gozei e agradeci, rindo como se toda a existência fosse como aqueles poucos segundos de arrebatamento. Deus não existe, eu falei distante, tonta da bebedeira e do gozo intenso, mas ele não deu atenção. Tampouco entendeu que aquilo significava a impossibilidade de sua prece.

Eu permanecia com as roupas espatifadas, ele rezando beijos no meu corpo, como que grato por uma graça alcançada. Então me lembrei de quando íamos à igreja, já na adolescência e, enquanto Vó e a mãe dele ouviam o padre na missa, nós descobríamos a criação original do lado de fora, Adão e Eva escondidos, como Deus nos fazia aos domingos. Aquele nosso aprendizado atravessou a alma dele, aleijando-a para sempre, mas deixando a minha intacta para ser desbravada anos mais tarde por outros homens, uns cruéis, outros generosos, mas nenhum meu, como ele era. Ele, que na escola dependia de mim para tudo, pois só ia bem nos estudos quando eu ameaçava deixar de amá-lo. Nunca foi bom aluno, nunca se interessou por outra coisa além da órbita ao redor da minha respiração, iniciada no dia em que a mãe dele, costureira como a Vó, decidiu afastá-lo de suas atividades favoritas e levá-lo até a nossa casa, como castigo por uma má-criação. Se eu soubesse, teria quebrado aquela porcelana de um chute, assim que saí da barriga da mãe, ele gostava de dizer, sempre que lembrávamos aquele dia. Em vez de castigado, passou a tarde comigo no quintal, ouvindo minhas primeiras histórias, deixando eu mexer nos seus cabelos crespos e fazer desenhos em suas mãos e braços. Você é tão bonita, ele me disse menino, apavorado com o que eu faria daquela informação. Mas eu era só uma menina também e agradeci de volta, sem ser arengueira, que importava obedecer à ordem das brincadeiras. Dali em diante, ele passou a navegar, nos retornos da vida, sempre em minha direção.

VINTE E TRÊS

OS HOMENS CASADOS

Eu já havia dormido com um homem casado uma vez. Um homem casado que também tinha crianças pequenas em casa, cujos vultos miúdos ainda tentaram carregar algum sentimento de culpa para dentro de mim, mas que foram vencidos pela falta de graça e pela efemeridade da relação.
Com ele era diferente. É que não havia vultos, eu insistia. Insistia até não haver coisa nenhuma. Os meus olhos e o meu corpo, todo ele, trabalhavam, sem muito esforço, para suprimir a sombra da família que ele tinha formado, que a vida dele não teria continuado de verdade depois da minha partida. Porque aquele homem, aquele homem que estava ali e que me amava, ainda era o meu garoto, criado comigo nos anos noventa, meu companheiro de virada de século cuja maturidade era pouco detalhe no meio do mundo que tínhamos imaginado para nós dois. Eu não queria, no entanto, levá-lo comigo depois da volta final daquele meu retorno. Mas eu sabia que, sem que ele estivesse segurando a minha mão, úmida do seu suor, me amando por dentro e por fora, eu não teria conseguido alcançar o fim do labirinto de pedras que me aguardava cravado no tempo e no espaço dos Inhamuns onde eu nasci. O resto não importava. Nem que tivesse vivido, depois de mim, para alimentar aquelas boquinhas rosadas do seu sangue. Não importava, eu sei, porque era com os meus lábios que ele rezava.

VINTE E QUATRO
PIRÃO DE LEITE COM NESCAU

No caminho de volta para o hotel, naquele segundo amanhecer, nós ríamos e segurávamos as mãos um do outro, genuinamente alegres com aquele pedaço de vida de que desfrutávamos e que, não me importaria, poderia ter durado outras longas horas, outros muitos dias. As memórias vinham agora cheias de liberdade, não mais feito ondas de grandes alturas, mas feito marolagem gentil, convidada a avançar sobre a praia. No carro ainda deu tempo de dividir com ele esta história, de quando eu tinha onze anos. Em casa não costumava haver leite em pó, achocolatado ou coisa nenhuma açucarada. A Vó dizia que meus dentes eram bonitos e que eu tinha de cuidar bem deles, para ficar com um sorriso abrilhantado, palavra dela, como o da mãe. Além disso, essas porcarias davam vermes. Leite bom era o de vaca e o de cabra, ordenhados no dia. Só que certa vez apareceram lá pelas prateleiras da cozinha duas latas diferentes, uma amarela e outra vermelha, iguais às da casa de uma sicraninha da escola onde eu tinha lanchado uma vez, por causa de um trabalho de ciências, numa cozinha toda bonita de cerâmica e mesa com tampo de vidro.

A Vó estava na rede, eu me lembro, fazendo o cochilo da tarde. Mais ninguém por perto. Eu olhei as latas, já abertas e tudo. Quem notaria? Lá pensei que fossem daquela outra! Imaginei que seriam daquele primo pequeno, filho de um tio-avô que tinha acabado de se separar da mulher e estava dormindo em casa naqueles dias, para onde o menino ia também nos fins de semana. Enchi um copo gordo de alumínio com o chocolate e o leite, colheradas boas, e derramei um bocado de água. Criança, desejosa demais de comer doce, tinha a boca que não se aguentava mais. Misturei com carinho, um pirão grosso, imagino que subia até o cheiro do açúcar. Mas só deu tempo de lamber o que tinha ficado pregado na colher. A criatura apareceu de súbito, entrou na cozinha e, assim que me viu, ficou furiosa. Arrancou o copo da minha mão e jogou o conteúdo aos porcos suarentos e reclamões, batendo com força a porta dupla de madeira rude que tinha a parte de cima aberta. Depois me deu um beliscão na cintura, onde a roupa cobria, e me ameaçou baixinho: que eu nunca mais mexesse nas coisas dela. Que se eu quisesse comer diferente, trabalhasse e comprasse. Onze anos, eu tinha. Por isso chorei, mais da raiva magoada que eu senti do que pela dor do beliscão, e corri pro quintal, mas os porcos já tinham engolido tudo. Só ficou o ódio que, não me deixando pregar o olho até o sono seguinte, fez o peito parir uma ideia de vingança realizada na noite do mesmo dia, uma das minhas memórias favoritas e mais reconfortantes.

Segurei xixi o resto do dia. Na hora de dormir, quando todo mundo já estava deitado e só restavam os grilos, eu mijei num dos potinhos que a Vó gostava de carregar do posto de saúde, desses de coletar urina e fezes. Minha tia roncava na rede da sala, os cabelos compridos para o lado de fora, arrastando no chão. Eu não sei como foi formulado o plano, mas aconteceu natural e muito silenciosamente. Banhei os fios do xixi carregado e quase laranja, tomando cuidado para não fazer barulho ou puxar a cabeça dela. Ela não acordou. Com o ódio desafiado e ainda pouco satisfeito, derramei também no couro cabeludo, nem um tico preocupada se ela iria acordar e me assassinar ali mesmo, na frente da Vó, do meu tio e do menino menor do que eu. O que pingou no chão de cimento não me denunciou. Secou num segundo. E eu, jovem cabeleireira, celebrei por dentro.

No dia seguinte, pelo meio da tarde, a bruxa entrou em casa injuriada porque o namorado tinha dito que ela fosse se lavar, que estava fedendo a mijo. A Vó riu, quase deixou cair a dentadura. E eu fui rir escondida, a barriga doendo de tanto espasmo, para não correr o risco de ser descoberta. E, como num milagre, ela nunca desconfiou de mim. E eu nunca pedi perdão, nem à Vó nem a Deus.

VINTE E CINCO
A TIA

Quando a Vó finalmente me deixou ir embora, observando o rumorejo fraco da minha saúde e temendo pela minha vida, a tia veio de Porto Alegre só para me buscar, mas aproveitou para matar a saudade da família e da casa onde também tinha crescido. Eita, mãe, já passou da hora de a menina ir pra cidade estudar, arranjar destino diferente, maior do que o da gente. Essa daí não serve para viver em interior, ainda mais ao pé de máquina de costura, ela disse, os olhos claros apertados e um sorriso cúmplice para mim, fazendo eu pensar na mãe e ignorar a tristeza nos olhos da Vó, que perderam a verdura para dar lugar a um cinza que poucas vezes eu tinha visto. Pois não liguei.

É que aquela decisão representava mais do que um alívio: era como se a própria sensação de estrangulamento que eu sentia todos os dias, da garganta às costelas em volta dos pulmões, desaparecesse magicamente e eu pudesse respirar, sem que carecesse do medo de perder o fôlego outra vez. Era também como se, ao fim daquela viagem de retirada, eu fosse encontrar a mãe me esperando, viva e sorridente, para me ensinar o jeito certo de crescer e se tornar mulher, de não ter medo da língua e da malvadeza alheios.

Aquela que me resgatava era a tia boa, que tinha gostado demais da mãe e ficado feliz com o meu nascimento, mas que pouco tinha convivido conosco depois que eu vim ao mundo, porque gostava de passear e ver coisas novas. Então dava jeito de ter sempre um companheiro que a levasse de cidade em cidade, até que se juntou com um gaúcho e se aquietou no Rio Grande do Sul, onde eles tinham uma loja de serviços hidráulicos na qual eu mesma trabalhei como ajudante, muitas vezes, depois da escola.

Tão ruim a gente não entender qual o nosso lugar no mundo, ela me disse um dia, acariciando meus cabelos com os dedos e o meu apelido com a sua voz. Saber que não se acha sentido no final do arco-íris e que só resta aproveitar a beleza das cores enquanto elas estão lá, concluiu, enquanto fumava e derramava algumas lágrimas pela partida da Vó e, sem saber, também se despedia de mim, que a doença silenciosa que a levaria mais tarde já andava tomando conta de seu corpo.

Eu sabia bem como era ter aquele conhecimento. E mesmo assim continuei viva o quanto pude, como a mãe antes de mim e como a tia e a Vó depois que eu passei a existir. Sobreviver era o único sentido, até que a tia chamou a minha atenção para as cores. E me deu uma vida diferente.

VINTE E SEIS
A CIDADE ENCANTADA DAS PEDRAS

Tinha chegado a manhã de quarta. E eu desejava poder dormir um pouco mais, descansar a cabeça e o corpo, mas não havia tempo para isso. Então engoli um comprimido para a dor de cabeça que se aproximava, oferta do álcool e da noite insone, e tomei um banho demorado, dessa vez com água quente, antes de descer para o café com meus colegas de trabalho.

Dentro de mim tudo estava mais leve. Como se eu tivesse extirpado um tecido gangrenoso que, horas antes, me cobria o coração e os pulmões. E assim eu rezava, dizendo para mim mesma que estava tudo bem e me sentindo mais disposta para a escrita, pensando com carinho na Vó e na tia que me criara depois dela e que já tinham partido, vocês vão ficar orgulhosas, eu prometi, elaborando notas mentais que, no meu texto, me permitiriam fazer uma homenagem. Eu sabia que ficaria muito bom.

Naquele dia eu tinha duas tarefas importantes a cumprir. A primeira delas era entrevistar e fotografar os pesquisadores, reunindo as suas considerações preliminares sobre as observações feitas, além de confirmar as datas do calendário que eu tinha em mãos, com as previsões para o início das escavações. A segunda era voltar ao círculo de pedras para dar uma nova olhada e fazer uma filmagem, algo que pudéssemos aproveitar para as plataformas de mídia da editora e da contratante. Então comecei ali mesmo no café. Enquanto comíamos, eu aproveitava para inserir, na conversa inevitável sobre o sítio, as perguntas que eu tinha rabiscado quando visitamos o museu, um dia antes.

Toda aquela pesquisa, de um jeito um pouco espantoso, mas também compreensível, ia ficando cada vez mais pessoal, como se escrever sobre a história dos Inhamuns e sobre a descoberta daquele sítio tivesse algo a ver, de maneira muito íntima, com a minha própria história. Dois passados separados por um tempo que não se podia contar e, ainda assim, aproximados não apenas pelo esforço dos meus dedos que faziam as palavras avançarem em pequenas laudas no meu bloco de notas, mas também pelo exercício dos olhos e narinas, quando eu era irrompida pelo mundo sertanejo de lado a lado, através da minha memória e dessa outra, criada, imaginada, mas real, eu quase podia provar, e que conectava a minha vida àquelas que tinham erguido e pintado o círculo de pedras.

Espalhamos os papéis sobre as mesinhas do café e organizamos as ideias até ali discutidas, criando um mapa para as falas preliminares de cada um deles. Não passavam de especulações, claro, e ainda havia muito que se investigar, especialmente sob o solo. Mas o que tínhamos de conjecturas e cálculos parecia suficiente para apontar algumas respostas, dentre as quais aquela primeira noção de altar, que tanto me tinha perturbado, com suas imagens enevoadas de vida e morte ancestrais, e teorias de sacrifícios aos deuses para que abençoassem a sobrevivência sobre a nossa terra.

Já quase perto das onze, fizemos uma série de fotos e eu me despedi, provisoriamente, abraçando cada um deles e muito grata por aquela experiência, prometendo que nos reuniríamos para tomar umas cervejas em uma das próximas noites e depois correndo ao quarto para bater um texto cuja rapidez de chegada não se contentava com a velocidade com que eu era capaz de escrever no papel. Eu estava absorvida, felizmente.

Comi um sanduíche gelado e tomei uma coca. E depois de um par de horas de escrita intensa, dividida entre material jornalístico e diário pessoal, organizei meu equipamento fotográfico de trabalho e enviei duas mensagens, uma para que ele viesse me buscar e outra para a esposa do dono das terras, confirmando a minha visita solitária.

Ele não demorou muito. Perguntou se eu tinha almoçado, disse que tinha sentido saudades. Quando se viu seguro, o carro já na estrada e fora da cidade, segurou a minha mão e a apertou com força, outra vez me deixando saber como ele estava feliz, como mal podia acreditar. Eu sorri, também contente, o espírito solto, esquecido das coisas que feriam e mais à vontade no meio da paisagem, para a qual eu olhava agora com certo e desprendido carinho.

Depois de estacionado o carro na entrada da trilha principal, já dentro da fazenda, nós caminhamos juntos os quilômetros que levavam até o círculo de pedras, após eu recusar, para nós dois, a oferta de uma carona de moto, feita pela proprietária das terras indicando um de seus funcionários. Tagarelamos sem pressa sobre nós, demos risada dos nossos encontros furtivos, supostos segredos para o resto da gente, e falamos dos nossos dias de crianças e de adolescentes, sempre evitando aquilo que poderia me deixar triste. Ele me conhecia tão bem! E por isso eu me sentia inchada de gratidão, não do jeito que deveria, porque o corpo buscava outras formas de se expressar, querendo beijos, toques, o terreno das peles. Ali, no meio do mato e a distância segura, ele me beijou devagar e docemente, com a língua carinhosa, demorando uns minutos mergulhado no cheiro perfumado do meu pescoço.

Quando chegamos ao sítio, sem guarda àquela hora, ele me ajudou com os equipamentos e me observou silenciosamente enquanto eu fotografava, hora e outra compartilhando com ele alguma coisa sobre a luz, sobre ângulos e edições. E, sempre muito querido, ele ouvia de tudo, prestando atenção a cada palavra que eu dizia, coisa que ele sabia fazer bem desde o dia em que primeiro nos conhecemos. Ajudou-me com um tripé e, enquanto deixamos a câmera trabalhando um pouco por conta própria, fotografando em modo automático programado para intervalos pequeninos, ele recebeu os meus beijos como se fossem a única verdade possível naquela nossa existência, e eu morei nos seus abraços sinceros e protetores por uns minutos de um carinho que, nunca saberia, talvez tivessem sido bem recebidos pelo resto da vida.

Eu nunca soube muito o que fazer depois que você foi embora, ele começou a falar, enquanto cheirava e acariciava os meus cabelos. Quase não terminei a escola, a mãe ficou doida. Disse que a culpa era sua, que você não era boa companhia, ele riu. Eu também. Não era novidade que eu tinha sido vista dessa forma pela maioria das mães e pais dos meus colegas naquela época, lembrei. Mas então, ele continuou, eu acabei nunca saindo daqui, embora a minha vontade fosse ter andado de avião para ir atrás de você. Revirei os olhos com carinho. Que bobo, disse. Você sabe que eu não teria casado se você estivesse aqui, ele continuou, você sabe, acendendo um alerta no meio do meu peito, não com medo, mas com pena, uma tristeza que se formava com a aproximação da minha partida que ele também devia ter em mente. Por que não teria? Tudo isso já passou, eu falei, beijando-o na testa suada e admirando seus olhos bonitos, escuros, tão bonitos e escuros.

Mas não era do passado, muito menos daquele cercado pelas pedras descobertas, que ele queria falar. Era de um futuro que, bem ali na cabeça dele, surgia claro e até óbvio, com possibilidades para nós dois, bastava eu dizer que sim. Prometeu-me, fosse no Ceará, fosse no Rio Grande do Sul, que viveríamos bem, que ele tinha cursos, que não ficava desempregado, poderia cuidar de mim e continuar olhando pelas crianças, delírios inenarráveis, agora que penso neles, de onde saíam tantos impossíveis? Não há, eu disse impaciente, não há esse futuro de que você fala. Pare com isso, que loucura!, afastei-o, já aborrecida com os absurdos que tinha acabado de ouvir.

Foi um erro, no entanto, interrompê-lo e impedi-lo de terminar e explicar os sentidos de um ponto final. Em vez disso, exigi que fizesse silêncio e voltei ao trabalho com as câmeras, subestimando os seus sentimentos e tratando-os como coisa pouco séria, lembrando da gente criança e pensando, talvez, que tudo entre nós teria sempre um ar de meninice e imaturidade, tão inocente quanto se empanturrar de doces e ir dormir sem escovar os dentes. Um erro imenso, eu saberia mais tarde.

VINTE E SETE

PAPEL DE PRESENTE

Eu, que menina gostava de guardar meus presentes por algumas horas antes de abri-los, fascinada pelo brilho dos embrulhos coloridos e às vezes laminados, como se fossem qualquer coisa fantástica que tivesse de ser olhada e acariciada para revelar seu conteúdo mágico. Por isso, quando ao fim daquela tarde, indo me deixar de volta no hotel, amofinado e em silêncio, ele me deu um chocolate embrulhado em papel verde cintilante, e enquanto eu permanecia fitando a embalagem, tantas vezes relendo as palavras "avelã" e "zero açúcar", procurando algum sentido para essa combinação de sílabas, o cérebro esquecido de interpretá-las, eu acabei me concentrando na lembrança da aliança que brilhou no dedo dele quando me estendeu a mão, pensando que também aquele homem era um presente embalado, mas não para mim. E que aquela era uma decisão de que eu não poderia desertar depois de algumas horas, eu sabia, porque um homem era mais que um doce e sua carne – e seu amor – não podiam ser comidos e depois lançados fora.

VINTE E OITO

TRÊS DIAS NUVIOSOS

No dia seguinte, de que pouco me lembro e dali para quando já se aproximava o fim da minha viagem a trabalho, nós estivemos magoados um com o outro, trocando poucas mensagens e nenhum carinho. Eu devo ter passado o dia escrevendo, mas sei que, à noite, aproveitei o tempo para finalmente confraternizar com os colegas pesquisadores, embora sem álcool, e para repassar e revisar o texto que eu tinha escrito, enviando uma primeira versão para o meu feliz editor, junto com as imagens e vídeos que também tinha feito.

Na sexta, outra vez suprimi os desejos que sentia de chamá-lo para o meu quarto em segredo e descontei com força sua ausência no teclado do computador. Ocupei-me de uma escrita aficionada, muitas vezes interrompida pela ardência do meu corpo mal-acostumado com os amores daqueles dias e já prevendo os lamentos para quando aquele sexo não existisse mais. Fumei além da conta de sempre, tantas vezes indo e voltando da janela, e outras olhando o celular, para ver se ele tinha me enviado algum aconchego. Quando a noite chegou, recebi o convite de um dos colegas para beber qualquer coisa e fui, muito cansada de olhar telas e papeis, determinada a esquecê-lo por algumas horas. Não faltava muito, eu sabia, para que estivéssemos separados dum jeito definitivo, impedidos de lagartear pelo corpo um do outro.

Chamamos um táxi e o pesquisador, um dos ingleses, reformulou gentilmente seu convite e me perguntou se eu gostaria de sair para jantar e tomar um vinho. E apesar de ter previsto o esclarecimento das suas intenções, eu não tinha o que recusar. Todas as alternativas possíveis pareciam melhores do que estar no quarto, escrevendo sobras e invocando o passado que, na maior parte do tempo, figurava diante dos meus olhos na forma daquele homem que eu poderia ter amado para ser feliz. Conversamos muito mais sobre os nossos trabalhos fora dali e sobre o tempo que eu passei em Londres do que qualquer outra coisa. Ele perguntou das coisas de que eu gostava, dos planos próximos e, quando o nosso encontro parecia seguramente se transformar numa bem-humorada tentativa de flerte, eu rejeitei sua oferta com carinho, cansada e indisposta, tenho certeza, com a infeliz ideia de me envolver com outro homem enquanto estava ali. Talvez noutra oportunidade, eu sugeri, desconfiando de que ele sabia.

No sábado, nosso grupo trabalhou em conjunto e eu observei, ao longo daquela manhã e de metade da tarde, os pesquisadores orientarem, junto a um trio de cientistas locais, a organização do espaço do sítio para o início das escavações. No início da semana que se aproximava, prefeito e governador seriam esperados em visita ao local, junto dos veículos de imprensa, para fazerem um anúncio formal, nas páginas institucionais do estado, do município de Tauá e da mídia local, sobre a surpreendente descoberta. E eu me permiti delirar com imagens de fama nacional e internacional, com meu texto que descobria segredos interplanetários dos Inhamuns, a visagem galáctica, o encoberto sertão. Escreveria um livro, daria palestras mundo afora, seria abraçada por jornalistas e poetas, ruma de aplausos, travessias triunfantes, como as de Jovita. Afinal, eu não era também uma filha dos Inhamuns? Por aquelas horas, eu já não tinha muito o que fazer na região, exceto visitar uma ou duas localidades para complementar a redação do meu texto. Por isso, antes de dormir, naquele dia, eu escrevi para ele manifestando o meu desejo de conhecer o Porão, um açude construído há muito tempo na região de Carrapateiras e, para antes de pegar a estrada rumo ao aeroporto, também queria passar por Cococi, conhecida como cidade fantasma. Ele me respondeu ligeiro, dizendo que sim, que eu não me preocupasse. Pedindo perdão, porque me amava e essas coisas não se deixavam por dizer. Amanhã eu te pego aí, despediu-se. E mesmo querendo ficar aperreada, acreditei que ele só estava arengando; que podia me amar, mas sem cometer loucuras. Eu não sabia, no entanto.

VINTE E NOVE

UM SEGREDO NAS ÁGUAS

Uma semana tinha se passado. Eu estava cansada, já nos preparativos para seguir rumo ao Piauí, onde finalizaria a minha pesquisa antes de voltar para Porto Alegre. Esperei-o durante todo dia, mas ele não apareceu. Respondeu horas depois, explicando que andava a serviço dos meus colegas de trabalho, que só estaria livre no fim da tarde. Eu me permiti descansar por um bom tempo, depois de deixar as malas parcialmente prontas. Meu voo estava marcado para o dia seguinte.

Foi só no início da noite que ele me buscou, com a desculpa, para a família, de um ofício urgente. É que com essa comitiva na cidade seus horários andavam doidos, com pedido de prontidão para qualquer hora que dele precisassem. Contou para mim que a mulher tinha reclamado, feito cena. Não estava acostumada a ausências tão largas. E apesar do horário e de saber do constrangimento da mulher, aceitei vê-lo, prevendo um adeus que, afinal, eu não teria coragem de revelar.

Fomos até Várzea do Boi, visitar o lugar que eu tanto queria ver e cuja memória não me era clara, depois de tantos anos e de tanta lembrança forçada para o túmulo. Alguma voz, no entanto, falava dentro de mim que aquela seria uma noite de desacertos. Não dei ouvidos. Ignorei cada um dos agouros, muito logo atribuídos aos buracos neste peito sem lar, e disse sim ao convite aventuroso de adultério sob lua cheia, astro que parecia tão pronto quanto nós para celebrar o sacrilégio.

Encontrei-o atrás do hotel, temendo ser vista ao lado dele no carro, ainda tão cedo da noite. Em vão. Depois de sairmos de Tauá em segredo, fomos vistos, bem na entrada de Carrapateiras, por uma comadre da mulher. Mensagens noturnas de cumplicidade e cheias de desconfiança chegavam rápido por ali também. Ele disse que estava tudo bem, que era mesmo meu motorista e que poderia ser o caso de eu precisar escrever algo com urgência para a editora. Mas se esqueceu de me dizer que, à mulher, provavelmente tinham sido destinadas umas poucas, secas palavras, nenhuma delas sobre mim. E não se lembrou também de que a sua era uma mulher que não se sentia amada. E de que nos corações dessas mulheres, de nós todas, há reinos proféticos de inescrutáveis intuições.

Estacionamos perto da cerca de propriedade alheia, casa que servia de guarita do Porão. As luzes todas apagadas, uma escuridão iluminada de lua. Seguimos devagar pelo mato, mãos dadas, beijos apaixonados nos intervalos da nossa respiração. Eu como que apaixonada, deixando que o baixo ventre decidisse todas as coisas. Mas eram ilusões. Lúbrica cegueira.

O Porão sangrava, eram tempos de muitos milímetros de chuva, e tiramos todas as roupas na beira das águas cheias. As rochas geladas, com cantos escorregadios, juntavam-se ao frio para assustar os pelos do corpo. E antes de saltarmos para dentro, ele me beijou inteira, cabeça aos pés, renovando os votos do amor que sentia e as promessas de eternidades longe dali. Só o meu corpo ouvia, no entanto.

Ele mergulhou primeiro, como uma criança, um garoto destemido e feliz em dia que não tinha escola. Eu entrei depois, com medo das pedras escondidas, mas confiando nele plenamente, porque nunca tinha me faltado. Nadamos por minutos imensos e molhados, conversamos sobre o passado, o futuro e nosso reencontro que, sim, teimava ele em toda oportunidade, deveria se alargar. Mas éramos só duas faces tristes da mesma moeda em desuso, eu pensei em silêncio, e não era verdade que realmente podíamos mirar os olhos um do outro. Estávamos amaldiçoados. Mas e as crianças?, eu questionava. E ele elaborava todo o planejamento, que não seria um abandono, que nunca iria desampará-las, que tinha de pensar nele também e abraçar aquela chance que lhe dava o universo de me ter de volta. Quanta bobagem!, eu respondia meio brava, você não sabe do que está falando, eu continuava, em voz alta dizendo os segredos do meu coração, pois, o que eu faria ao lado de um homem sem nenhuma formação, naquela parte do mundo onde eu ainda tentava, sofridamente, me encaixar? Numa mesa cheia de jornalistas, acadêmicos, homens e mulheres bem-sucedidos, casados, com crianças bilíngues e que já tinham cheio o álbum de viagens ao exterior, o que eu diria? Meu namorado? Noivo? Marido? Zé, Raimundo, Josué Feitosa, tanto fazia qual fosse o nome. A verdade é que não podíamos ser.

    Calei-o com beijos e mãos dentro da água e implorei que deixasse daquelas coisas e me tomasse sobre a pedra mais alta, polida no começo do mundo, para dar sorte e nos tornar inesquecíveis. Alguém pode ver, ele receou, mas alguém poderia ver de qualquer jeito. E ele fazia todas as minhas vontades. E as coisas todas, naquela noite, pareciam ter saído de um sonho enluarado, e nós éramos como desejos de pintura aquosa e iluminada, cheia de reflexos e movimentos celestes, amantes astrológicos, centro do universo.

    Eu sei que brilhávamos, brilhávamos como as rochas que circundavam a Torre do Castelo, não como quem refletisse a lua na carne despida, mas como dois corpos que, em plena concepção da energia da vida, tivessem luz própria. Os gemidos voavam livres. E eu não concebia o antes ou o depois daqueles instantes. Romanceei os eventos, o que a vista podia alcançar, escrevendo mentalmente aquele instante que eu sabia que seria inesquecível. Criei para nós o gozo em três partes: primeiro nos tremores, do epicentro onde se concentrava a energia para as pontas de todos os dedos; depois nas nuvens, espessas e calorentas, denunciando a pressão insuportável do que não podíamos mais guardar e, finalmente, na erupção do corpo-lava, violenta, origem do universo, começo dos tempos. E eu me senti a mais bonita e a mais amada de todas as mulheres, por segundos que eu jurei que seriam infinitos. Até que um uivo de morte partiu a noite em duas. E nós começamos a morrer.

TRINTA

TODAS AS COISAS DO MUNDO

Naquela noite, eles diriam, o diabo andava pelo sertão. Mas eu não sabia, juro que não sabia, do que havia depois de desbravar os horizontes libidinosos que contemplávamos. Não tínhamos olhado à nossa volta. É que o sertão é um lugar onde as coisas são infinitas de acontecer e, nem tudo, por isso mesmo, haverá de ser bom.

No escuro das horas, ela levava os pequenos quase de arrasto, puxando pelo meio dos braços, tropeçando nas raízes, nos pedregulhos. Os olhos dela eram faróis de sangue na escuridão de lua, o peito rasgado pela dor da traição sabida. As crianças acompanhavam à força e alheias, as bochechas vermelhas e um choro que não tinha certeza de sua permissão. Não foi preciso ir muito mais longe ou desbravar caminhos meio secretos. Nós estávamos lá, à vista de quem mais quisesse nos encontrar ou de quem mais tivesse ideias perversas daquele tipo, fodendo como dois bichos brutos na natureza, ignorantes do que significava tomar um ao outro como designavam os testamentos cristãos. Quando nos encontrou, a mulher uivou, ferida de morte. E os sons enlutados que nasciam no seu coração teriam sido capazes, não duvido, de fazer os mortos despertarem de susto.

TRINTA E UM

O POÇO DOS DESEJOS

A Vó dizia, quando eu era criança, que as águas sempre anunciavam coisas boas e traziam sorte. Mas até assim eu fui capaz de magoá-la, mudando para sempre seus dizeres sagrados. O grito, eu me lembro. Aquele grito. O grito da mulher que revirou a noite do avesso. Ele foi o primeiro a reagir, mergulhando depressa e indo ao encontro dela, tentando acalmá-la, abraçá-la, levá-la embora dali. As crianças assistiam assustadas ao sangramento do açude e da mãe, a menina mais velha boquiaberta, mãe, oh, mãe, e o menor, quase ainda um bebê, chorando inconsolável. Eu não soube o que fazer. Sentei-me sobre a rocha, nua, os cabelos molhados, os olhos vazios. Eu não sentia vergonha. Eu não sentia frio. Eu só sentia pena, dele e da mulher, numa luta física e espiritual de amor traído, consagrado numa igreja antiga e destruído por uma forasteira, mulher sem coração, serpente no paraíso, eles diriam. A noite, antes tão tranquila e voluptuosa, transformou-se num conto de horror, gargantas gastas e sombras a espreitar. Coisa do diabo, diriam, diriam muitas coisas, mas não sobre o diabo solto no sertão: preso no corpo da mulher. Eu mulher.

Ela arranhava e chorava e toda hora perguntava por quê. Ele pedia calma, vamos, mãe, a pequena dizia, e eu só mantinha os olhos abertos, bem abertos, como se isso fosse me salvar a pele. Todas as coisas vieram de uma vez à minha cabeça, por um tempo desconhecido, demorado, tortuoso: o escândalo, meu emprego, as fofocas, os pesquisadores, o trabalho a fazer, a chance de ser promovida, os textos esperando no quarto do hotel, o computador que eu tinha esquecido de desligar, o aluguel em Porto Alegre, as expectativas dos colegas, as minhas próprias, os projetos a longo e curto prazos, grandes e pequenos, e os espelhos, onde eu me olhava e buscava, todas e tantas vezes, na esperança de que me dissessem quem eu era e para onde eu deveria ir. Em algum momento eu deixei de olhar?

Ela continuava chorando, esmurrando-o no peito, eu vagabunda, endemoninhada, puta igual à minha mãe, da qual ela só tinha ouvido falar recentemente, eu podia saber. A menina encolhida atrás do casal, soluçando, mãe, por favor, ela chamava, o tempo todo ela chamava. Foi quando eu notei a ausência do menino. No meio das plantas, perto das rochas, na beira das águas, ao lado da irmã. Ele não estava lá. Senti uma tontura. Eu estou olhando, eu estou olhando, repetia, procurando-o com os olhos secos. Até alcançar um leve agito nas águas, feito o passar da cauda de uma sereia.

Eu não tive forças de pular; o meu corpo, o meu corpo inteiro congelado de horror, não me obedecia. Meu gemido, de dor e medo, o peito atravessado por faca cega, fez com que os olhos dele encontrassem os meus. O pequeno, eu murmurei, mas era tarde demais. O corpinho miúdo e sem vida não foi difícil de encontrar. Uma das rochas não lhe deu passagem e, ali mesmo onde escorregou e bateu a cabeça, se afogou e ficou. Todos nós morremos naquela noite. Todos nós. Até o seu amor. E dali pra frente, as trevas tomaram de conta. E eu não olhei mais.

TRINTA E DOIS

POR FAVOR, NÃO

A água do chuveiro descia pelos meus cabelos e rosto, desafiando o rastro seco de lágrimas e enveredando pelo meu pescoço, seios e barriga, fazendo seu caminho até o ralo no meio dos meus pés. E a minha cabeça me pregava peças, desobediente do velho instinto de automutilação, impedindo-me de esvaziá-la das lembranças que me afogavam e tornando-me refém da cascata de memórias que fazia arderem a testa e o peito pelo estrangulamento conhecido de outros tempos.

Eu me vi sozinha no centro de Porto Alegre, com medo das sombras noturnas nos muros pintados e sabendo bem que nem a tia nem Deus eram vivos para me socorrer, dos gritos da mulher e do pequeno que boiava, morto a muitos milhares de quilômetros dali, mas também no aquoso dos meus olhos. E que se eu os arrancasse do rosto e os atirasse pela janela, do alto do prédio onde eu morava, ainda assim mãe e filho se fariam enxergar, antes, durante e depois de eu ir à cama, gravados do lado de dentro das minhas têmporas como um filme a ser continuamente exibido até que eu me cansasse de estar viva e desse um fim ao meu cérebro-projetor.

Eu sei, Vó, você me dizia para eu falar com Deus, para pedir a Ele as coisas justas, que, se fosse da vontade Dele, e eu fosse também uma servinha sem pecados, Ele concederia o desejo do meu coração. Mas não há homem justo sobre a terra, que faça o bem e nunca peque, e, assim mesmo, eu descobri que não havia Deus ou justiça, e que nossas mãos não voltam ao pó limpas de sangue, sangue de bicho ou sangue de gente. Gente que é bicho também.

Eu não sei o que eu estava pensando, mas me lembrei também da fralda de pano que eu tinha herdado da mãe, que depois da morte dela as roupas todas foram doadas, mas a fralda ficou, primeiro para meu uso e depois para lembrança única, de uma cena que eu não podia saber porque tinha sido miúda demais para lembrar e por isso a tia me contou, da mãe esquentando o paninho para eu deitar com o rosto sobre ele, quando tinha dor de ouvido, e só então eu parava de soluçar e conseguia dormir em paz.

Me lembrei ainda da primeira vez que eu vi as notícias passando na tevê de uma vizinha, e fiquei imaginando como eu queria um dia experimentar aquele espaço mágico também, e perguntei pra Vó se tinha que ficar muito pequena para caber lá dentro e se depois voltava ao tamanho normal, mas a Vó deu uma grande risada e disse que pra fazer jornal e dar notícias eu teria que estudar muito e não ter preguiça de ler e de escrever, destino meu que ela só ouviu falar, e pela metade.

Pensei por último no dia em que a minha tia fez pra mim uma vitamina de goiaba, cheia de má vontade e reclamando em voz baixa da ordem da Vó, e não peneirou os caroços de propósito, só pra eu poder me engasgar. Eu tossi por uns minutos sem fim, o rosto já arroxeando, e a Vó desesperada enchendo um copo de água e dizendo "engula, engula rápido pelo amor de Deus", até que o ar tornou a percorrer o meu tórax e eu fiquei bem, mas sem nunca mais querer saber de goiaba na vida e pouco desconfiando de que o ar outra vez me faltaria, poucos anos adiante.

Olhei para o ralo fixamente, empurrando as imagens para longe e tentando me concentrar nas pequenas tramas por onde a água vazava, arrastando espuma, mas deixando para trás cabelos e sujeiras, naquela peça encardida e asquerosa que me fez engulhar e repreender a minha existência, esse estar no mundo que já teve família e foi amado, mas agora não mais.

Eu sabia, Deus, que me restava apodrecer, como aqueles cabelos presos na trama imunda do ralo. Ou como o corpo esquecido de uma criança afogada, atarracado no meio das pedras.

TRINTA E TRÊS
AQUELA TIA

Uma hora, em algum dos momentos lavados de terror e incredulidade, eu me lembrei das vezes que a Vó ia comprar mistura e a tia me pegava de onde eu estivesse e, com a desculpa de uma travessura qualquer, muitas vezes inexistente, levava os meus dedos até uma panela no fogo, para me assustar. Tá vendo? No inferno é assim, só que queima o seu corpo inteiro, ela dizia. É lá que sua mãe está. E o desgosto que ela sentia por mim ajudava a nutrir meus sonhos com lonjuras. A Vó não entendia e eu não podia contar. Meu medo era D'ela morrer e de eu não ir pro orfanato, como as chiquititas, e ter de ficar com aquela tia que me detestava sem que eu soubesse explicar por quê.

O dia de que eu mais me lembro e que só pude entender anos mais tarde, não como se fosse memória qualquer, mas como aquela que melhor fazia par com a que me fez querer ir embora para sempre, foi quando a gente saiu para se banhar no Trici, eu, outras crianças acompanhadas, minhas tias e seus namorados. Quase a manhã toda eu me banhei mais sozinha, porque os meninos não queriam brincar comigo e os adultos confraternizavam sem dar importância a nós. E quando todo mundo andava distraído, os casais alegres das cervejas, eu caí num buraco e comecei a me afogar. Eu me lembro, me lembro como se tivesse acontecido um minuto atrás: ela foi a primeira a perceber. E eu não sabia por que, com os olhos postos em mim, cheios de um brilho inexplicável e atento ao desenredo, ela permanecia sentada sorrindo, resistindo em vir ao meu encontro. Os meus olhos, borrados e assustados, não viram mais nada e eu afundei na escuridão do açude.

Uma criança. Eu era uma criança que não tinha nem dez anos e os meus pulmões pequenos por muito pouco não desistiram de continuar. A Vó contava, até pouco antes de eu ir embora, que o antigo namorado da minha tia era o herói que tinha salvado a minha vida. Mas eu sabia que ele tinha sido herói sem querer quando, ao seguir o olhar concentrado da namorada, descobriu o redemoinho de águas na barragem e correu, que a menina estava se afogando. Em algum dos mundos, eu era a criança morta. Como aquela tia havia desejado profundamente, foi o que os anos me esclareceram, depois que eu pude rever, com muita e dolorosa clareza, aqueles olhos maus e vigilantes sobre mim.

Eu aprendi a nadar depois de adulta mesmo, e perdi o medo de toda água, desde que fosse tranquila e eu pudesse me cuidar bem. Mas nunca aprendi a controlar o terror e o corpo quando, por algum acaso, alguém se afogava por perto, como aconteceu numa praia do Rio, muitos anos depois, nas minhas primeiras férias remuneradas. Então eu vivia contando, às vezes com menos ou mais esforço, com a certeza de que aquilo nunca mais aconteceria.

TRINTA E QUATRO

VINDE A MIM AS CRIANCINHAS

Não tinha sono nem ardor nos olhos que tivessem me feito dormir naquela noite, depois de ter voltado ao hotel sabe-se-lá como, na garupa da moto de um dos homens de Carrapateiras que se achegou ao local do acidente. Favor que ele, mesmo atormentado, teve a lucidez de pedir, pois da minha garganta não passava som, nem mesmo dos gemidos, tudo emudecido desde a hora que eu saí da água, me vesti e vi. A mulher segurando o menininho nos braços, já esquecida de mim, e dele e ainda da outra pequena, porque as mortes dessa natureza são como uma deformação no espaço-tempo da qual nada escapa, muito menos a nossa atenção, devorada pela presença do grande, grande nada ao qual sucumbem todas as coisas. E na garupa da moto eu ia, tremendo de frio, rebobinando a minha infância diante dos meus olhos quando, depois de sobreviver ao meu próprio afogamento, a vida continuou, ao lado da Vó e daquela tia.

Me lembrei d'eu desenhando desejos na terra do quintal. Passa pra dentro, sebosa, vai lavar essas mãos! Por isso só anda verminosa, seu traste!, ouvia, as marcas vermelhas nos braços. Subindo no pé de acerola ou catando manga dos galhos para arremessar ao chão. Essa infeliz, depois cai e quebra o pescoço e a mãe coloca a culpa em mim! Por mim, morria e ninguém dava falta!, ouvia, o couro cabeludo dolorido dos cabelos puxados com força. Correndo com o melhor amigo, pega-pega, esconde-esconde. Vai ser vagabundinha igual à mãe, só pensa em andar com macho, ela dizia, meus mamilos pequeninos ardendo dos beliscões. Sonhando com os mapas dos livros de geografia. Burra igualzinha à mãe! Você vai é morrer aqui, sua idiota, um terror no meu peito e nos olhos. E quando já mais perto da fuga eu evitava ir até a mercearia, o intestino solto do medo que eu sentia do velho, ela acariciava meus cabelos como ele tinha feito, um sorriso sem alma no rosto, e dizia que faltava pouco pra Vó se convencer de que estava na hora de eu ajudar em casa, indo trabalhar no mercadinho, que a oferta do homem era generosa.

Num daqueles dias, quando contei à Vó que escutava o diabo falar, fui levada até o padre às pressas, para me confessar. Mas ninguém entenderia, nem mesmo o santo homem, se eu tivesse dito que o escutava falar pela boca da minha tia. E eu me perguntava, sentindo o choque do vento contra as minhas roupas molhadas, se eu não teria sido finalmente amada, tivessem me arrancado do Trici, naquele dia de férias, sem vida.

TRINTA E CINCO
A SEGUNDA MORTE

Eu não entendi, por um tempo que pareceu eterno madrugada adentro, por que eu continuava existindo. E àquela altura, cedo na manhã, toda a cidade já andava sabendo do que tinha havido. O município decretaria luto pelo filho do seu servidor, os jornais locais acompanhariam o funeral e o enterro e algum blog certamente tentaria devassar a história toda que tinha culminado naquela tragédia. Falariam sobre mim. Em todos os lugares, em todas as telas, ao alcance imediato de algumas teclas. Noutra realidade e além de muitos planetas, a culpa seria do destino ou da mãe d'água, sombras no Porão maiores do que a vida pequena daquela criança. Mas, ali, eu era a culpada. E eles me fizeram acreditar que tinham razão. A cabeça latejava forte, as têmporas tremiam. O que eu ainda fazia viva? Não soube. Coisa nenhuma possível no mundo parecia melhor do que morrer. Exceto pensar na mãe, na Vó.

TRINTA E SEIS
A ÉGUA E A FLOR VERMELHA

Em Parambu tinha uma fazenda aonde a Vó gostava de me levar por causa de uma comadre rezadeira que, diziam, só não tinha salvado a vida da mãe porque o coração dela tinha parado de birra, não pela doença e, por isso mesmo, não teria dado tempo. Nem poderia, eu ouviria um dia da boca da velha. A data de partida da gente, menina, é arrumada antes mesmo da chegada. Aqui só se alivia o que fica entre uma e outra, me explicou.

Na cerca dela cresciam umas plantas que davam flores vermelhas, eu me lembro, e ela tinha uma égua brava que descansava embaixo delas e que vivia feito uma pintura, no meio das rezas e dos cantos, ruminando seu capim. Eu não era nem moça ainda e, portanto, estava muito pequena para entender por que eu passei a achar aquela vista estranhamente bonita e triste depois que a velha disse, numa das minhas visitas por causa de uma gripe com catarro, que aquela era a vida que a mãe tinha recusado: ser moça com flor, feito pintura de um cenário só. Daí em diante, a imagem da mãe também se confundia com a da égua forte no meio das flores, e eu ficava imaginando a bicha fugindo para longe, para explorar e experimentar outros lados do mundo. E quando, no meio dessa imaginação, eu sentia medo dos perigos da liberdade, fazia igual à rezadeira, mas chamava pela mãe, para que me fizesse corajosa como ela tinha sido. Coragem, eu pedia, implorando pela companhia da mãe, da Vó, na solidão daquele quarto de hotel que só cheirava à morte.

TRINTA E SETE
COCOCI

A segunda amanheceu, finalmente, iluminando o quarto onde eu estava e sentia que mofava, há um tempo imenso e maior do que realmente tinha se passado, desde que eu tinha sido deixada no hotel pelo motoqueiro desconhecido. De banho tomado e rosto limpo, lavado e seco, depois de enviar um e-mail para a editora e dizer que não poderia continuar a viagem, por razões pessoais que, prometi, eu explicaria na chegada, decidi visitar a cidade fantasma de Cococi, antes de rumar ao aeroporto. Uma tentativa desesperada de cumprir ao menos com a agenda e o texto previstos até ali.

Mas meu editor-chefe, ainda ignorante da tragédia que, no entanto, já deveria ser conhecida de toda a gente de Tauá e até dos pesquisadores, que para as fofocas não existem torres de babel, não entendeu e me ligou de volta, suas chamadas recusadas, audivelmente preocupado e tentando de todas as maneiras me dissuadir daquela deserção, continuamente escrevendo e encaminhando áudios por um aplicativo de mensagens. Até que lhe expliquei, em poucas palavras num breve áudio, que, por minha culpa, uma criança havia morrido. E que não, eu não explicaria mais nada naquele momento. Não tinha ainda como contar esta história, não naquele instante em que tanta gente andava fazendo isso, com detalhes assombrosos, reais e imaginários, por toda a Tauá. Eu precisava não pensar nela, pois era assim que eu sempre me salvava: mutilando, cirurgicamente, as minhas piores lembranças. Chamei um táxi e então desliguei os celulares. E quando eu ia descendo as escadas do quarto com as malas, para acertar as contas de consumo, encontrei o pesquisador inglês que tinha me levado para sair no anteontem, perguntando-me se estava bem, se precisava conversar, se queria ajuda com alguma coisa. Eu disse que não, referindo-me às malas, mas ele sabia bem, tanto quanto eu, que o mesmo serviria para todas aquelas perguntas. Não tive coragem de o olhar nos olhos e desci, acompanhada apenas da familiar e impotente vontade de chorar.

Quando o táxi chegou, entrei nele sem querer ser vista, mas sei que todos os olhos, no hotel e fora dele, pareciam saber e me denunciar. Que íamos para Fortaleza, para o aeroporto, mas que eu precisava passar em Cococi antes, coisa rápida, apenas umas notas, eu disse, a memória falha, as palavras tropeçadas. Dona, mas Cococi fica um pouco longe, tem a estrada de terra, ele falou, depois renegociando o valor primeiro acordado para aquele serviço. Não tinha importância, que cobrasse o tanto que achava justo, eu dava ainda uma gorjeta. Ele achou bom, os olhos toda a hora atravessando o retrovisor, talvez com pena, talvez juízes.

Não tínhamos que passar pela cidade, eu sabia. E o que deveria ter sido um alívio transformou-se num esgarço no peito, quando o homem perguntou se eu tinha sabido da tragédia, falando do funeral não sei onde, da família desesperada, do caso de adultério, pois o bichinho morreu afogado, que povo irresponsável!, ele disse, mas eu o interrompi e pedi que mudasse de assunto, por favor, as imagens de agonia uma a uma no meu cérebro, desfilando feito o cortejo fúnebre que eu não veria.

Onde será que ele estava? Talvez ao lado do filho, consolando a mulher, um caixão pequeno no meio da sala, eu imaginei, tal como no enterro da mãe e da Vó, veladas em casa, eu sabia, apesar de não ter aparecido no segundo, de quem tinha me alimentado e criado. E eu me lembrava dele, do corpo dele, da gente junto, sem roupas, sem vergonha, sem medo da morte e, mesmo assim, ela nos tinha passado a perna e arrastado para si, pela mão do menininho, na hora mais errada, que eram minutos de amores, de gozo, das nossas bocas felizes do reencontro, se eu não tivesse ido embora, teria havido aquela criança?, eu me perguntei, o carro na rodovia meio esburacada, quer que ligue o ar-condicionado, dona?, não precisava, eu queria os cabelos açoitando o rosto, o vento, eu queria poder respirar, só isso, mas doía, eu sentia, será que nós teríamos nos casado? Quarenta e cinco minutos de estrada apertada de terra. A memória sempre falhada, mas ligeira, inclemente, com suas imagens em círculos, indo e voltando sem parar na cabeça a ponto de explodir.

Quando chegamos, parecia que eu desembarcava noutro universo, onde velhos, homens, mulheres e crianças não existiam mais, apenas os animais pastando, o mato crescido sobre as construções abandonadas, um carro antigo enferrujado e feito vaso, coberto de folhagem, a vida continuando depois de todos nós. Assim era Cococi.

Eu nunca pensei, antes de entrar naquele avião, que o meu retorno a essa localidade aconteceria assim, feito o desfecho de um grande equívoco. Cococi, conhecida das festas católicas quando, uma vez por ano, celebrávamos na igreja que se ergue na cidade fantasma, igreja reformada, para não deixar aquela pouca gente morrer sem Deus. Ali não vi um de seus talvez cinco moradores, saindo para cumprimentar minha curiosa, triste chegada. Apenas as ruínas, um jumento arredio, os pássaros e os insetos ofereciam aceno.

Peguei o meu bloco de papel e segurei a câmera, mas não passava de sandice. Eu não tinha condições. E não sei como, nem por quê, feito milagre em tempo de seca, quando a chuva chega generosa e faz sangrarem os açudes, eu senti, brotando miúda no canto de um dos meus olhos, uma lágrima, a primeira delas, depois de tantos anos e tempo. E, finalmente, esperando que alguma visagem me arrebatasse dali para algum lugar destinado a quem andava em dívida com as mais diversas formas de sofrimento, eu respirei aliviada e chorei.

TRINTA E OITO
ADEUS, INHAMUNS

Tinha perdido para sempre o mundo onde nasci. E quando eu olhava ao meu redor, pressentindo a abertura das comportas, ansiosa duma maneira que poderia ter sido confundida com uma forma de felicidade, eu liberta, eu humana, foi que ele chegou. Vinha numa moto nova e barulhenta, a roupa suja de terra, o rosto empoeirado. E os olhos, os olhos que eu adorava, estavam afogados e vermelhos de chorar, escurecidos e opacos pela dor. Você tá indo embora?, ele perguntou, as palavras atropelando umas às outras na saída estreita e dolorosa da garganta. É isso mesmo? Você tá indo embora?

Esqueci os modos de respirar, nervosa como sempre acontecia com a chegada de grandes dores, e entreguei meu peito a elas, impiedoso padecimento, pois vinham cavando, há muitas horas, túneis para o meu coração hemorrágico. As lágrimas vieram duma vez, feito barragem estourada nos meus e nos olhos dele. E o taxista, que guardava as minhas malas e esperava estacionado na entrada da cidade-fantasma, espreitava de dentro do carro.

Responde!, ele gritou, falando meu nome. Eu precisava, expliquei, engolindo o amargo das lágrimas libertas e a covardia nas minhas próprias palavras. O que eu tinha para fazer ali, assombrando o povo, com o corpo de uma criança nos braços? Fazendo-o lembrar, todos os dias, do mal que eu tinha feito? Ele me olhava. E o homem que eu via nele parecia um outro bicho, ferido de morte. E eu? O que eu tenho para fazer aqui, depois de você? Depois do que aconteceu? Eles não me deixaram enterrar meu filho! Meu filhinho!, ele gritava, as palavras embargadas no meio do choro. Era uma visão terrível, vê-lo chorar. Pela primeira vez, vê-lo chorar depois de quase vinte e cinco anos e por minha culpa. Essa culpa que era como um desespero vivo, com mãos e dedos frios apalpando os meus ossos mortos. Ele nunca esteve no velório, entendi. O meu coração tinha me enganado. Uma filha, eu então respondi baixinho. Você ainda tem uma filha.

As casinhas em ruínas, o mato alto, o automóvel enferrujado largado há muitos anos, o hotel decadente, alguns pássaros voando, piando, sonorizando os nossos gritos mudos em redor da terra batida, a praça circular feito uma antiga ágora sertaneja, o casarão abandonado dos Feitosas, bicho nenhum, exceto as aves e as árvores conversando entre si sobre o fim das nossas vidas. As coisas todas giravam feito hélices quebradas nas minhas íris molhadas. Chorávamos os dois.

Ele pegou as minhas mãos entre as suas, soluçando, você não pode fazer isso, de novo não, dizia, as lágrimas se abraçando à saliva e fazendo brilhar a boca bonita, carnuda. Eu queria beijá-lo, mas conhecia o erro. E respondia com silêncios, o tempo todo com silêncios, porque eu sabia que a negativa lhe seria mais insuportável do que meus lábios nulos. Fala!, ele berrou, me sacudindo pelos braços. O taxista abriu a porta do carro. Por que você não fala, porra? Mas o ar faltava para nós dois. Eu pedia por favor. Que não fizesse aquilo, que tivesse calma, que conversássemos noutro momento. Mas ele sabia, assim como eu, que não haveria outro momento.

A força das palavras faltava e eu mais gesticulava não, não, não do que qualquer outra coisa. Duas vezes ele tentou me beijar, a língua salgada forçando a entrada da minha boca e me pedindo para não fugir sozinha de novo, que ele não poderia viver sem mim, que eu era o que ele mais tinha amado na vida. Que não dissesse essas coisas, eu sussurrava, lembrando do menino sendo retirado das águas. E imaginava se o taxista não estaria filmando tudo, ouvindo tudo, de modo que houvesse ainda mais razão para eu ser odiada na minha própria terra. Preocupação à toa. Eu já estava desabrigada desde o nascimento.

Então ele entendeu. Entendeu que os meus gestos não faziam charme, mas eram respostas sinceras do meu coração, e não apenas porque estava morrendo. Era uma aberta, franca despedida.

Vadia, foi a primeira das palavras mais cruéis. Saiu baixinho, quase de mentira. Eu não acreditei. Levantei os olhos incrédulos e embaçados, e procurei os dele. Não houve espera. Sua puta mentirosa!, ele falou encorajado, alto o bastante para todos os fantasmas ali escutarem. Todo mundo sempre falou a verdade sobre você, sobre sua mãe! Duas vagabundas enganadoras! O que você veio fazer aqui? Hein? Porra nenhuma! Veio destruir a minha vida! A minha família! Você matou o meu filho!

Por um momento, um momento brilhante, ensolarado, feito um respiro interrompido de Deus, todas as coisas deixaram de contar o tempo. A luz interrompeu as suas viagens, os sons ficaram suspensos no infinito e os seres, vivos e mortos, sucumbiram ao instante original, quando apenas o espírito se movia sobre a face das águas. E eu? Eu era a destruição. O meu coração deveria ter desistido ali. Mas continuou, teimoso, bombeando, bombeando, para que eu escutasse tudo o que ele tinha a dizer.

Maldita a hora em que eu te conheci!, ele continuou, lançando-me em lembranças rasgadas da nossa infância, quando brincávamos juntos, enquanto nossas Vó e mãe costuravam panos e se atualizavam das fofocas na cidade. Dizia toda sorte de ofensas, as palavras mais vis e afiadas, sabendo dos cortes profundos que causariam. Sugeriu que tinha sido usado, que eu o quis pelo pau, que tinha feito o mesmo com os gringos. Ele gritava. Os olhos dele vermelhos, cheios, a boca salpicada de saliva. Me odiava. Andava em círculos, negociava com as mãos o que não fazer. As mãos grandes que eu já tinha amado. E o meu choro acompanhava, nunca tímido, o fim de todas as coisas. Talvez eu tenha pedido por favor outra vez. Talvez eu tenha dito que não, que não era nada daquilo. Talvez eu tenha implorado para que ele parasse.

Os astros abandonaram o firmamento e o céu secou, como o meu ventre transformado em tumba. Essas tristezas profundas muitas vezes eram exatamente isto: duras secas, mesmo em tempo de lágrimas. Ali eu soube que, certo como a minha agonia, havia o fim. Existir não era suficiente. Uma brancura sob os olhos abertos. Ele vociferou ainda outras grosserias, navalhas em carne já sanguinolenta, cortando fundo para dar sentido à profundidade da mágoa que levava nos ombros. As palavras, eu compreendi, eram capazes de estrago muito maior do que as mãos poderiam fazer, do que as armas dos homens. Na alma, as dores iam feito um adiantamento da morte mais desejada. Eu não sei quanto tempo se passou. Talvez pouco, talvez muito. Talvez estrelas tenham morrido. Talvez novos mundos tenham nascido. E em meio às horas estelares, boiava o espírito de um menino afogado. Então ele foi embora, fazendo girarem os pneus muito próximos a mim, sem que me tocassem. E junto com a terra, eu flutuei e rodopiei, pensando em coisa nenhuma.

TRINTA E NOVE
A BORBOLETA

Eu me sentei no meio do redemoinho de poeira que ele deixou para trás, no rastro da moto. A terra misturava-se às lágrimas no meu rosto, formando finas crostas de lama nos pelos e nos vincos das rugas. O taxista hesitava de longe, incerto sobre o significado do resgate. Um pássaro cortou o céu sobre a praça abandonada e todas as coisas, todinhas elas, tornaram-se monumentais, vagarosas e ensurdecedoras. O mundo parecia caber duma vez no que eu sentia e compreendia, através de mim e da minha carne, entranhado, vendo de canto de olho o bater de asas levantando voo, meus sapatos sujos, um galho seco, algumas formigas existindo apesar do meu vazio e as nuvens manchando nos meus olhos a imagem de um fiel aos pés do santo que poderia lhe perdoar os pecados e salvar a vida. Mas não houve amém.

Se eu pudesse, tinha largado o coração à margem da estrada, para sangrar o que lhe restava de vida e apodrecer diante do verde que resistia, sobrevivente, pelo meio dos rochedos e para dentro dos boqueirões. Mal sabia que brincava com o estigma fatal do meu destino, já previsto desde que aquela alma indígena e bravia andava circunscrita pela minha, por causa do sangue que vinha da Vó e daquelas outras que nos pariram uma família antes Dela, da mãe e de mim. Eu era dali e àquele chão eu pertencia, eu sabia, as pálpebras molhadas feito mandacaru espremido. Então por que pareceu, logo cedo, que eu tinha que ir embora para que parasse de doer? Para que eu pudesse sentir alguma coisa nova, algum alívio, algum estado tranquilo de coisas, sem que o peito estivesse esmagado de terror ou o estômago fermentasse medos que não sumiriam com o fim da infância? Talvez as coisas pudessem ter sido um pouco diferentes? Talvez, se eu tivesse partido naquele dia, no açude, teria acordado ao lado da mãe, do outro lado do Inhamuns, e nós esperaríamos juntas pela Vó enquanto ficávamos de olho na vida que não nos serviu em longevidade?

Eu me levantei como se doesse o corpo todo, mas era o peso sobre o peito que se afogava no próprio sangue que me desequilibrava. Cambaleei por um instante e, dois, três passos depois, esmaguei com o pé bêbado uma borboletinha azul, mal tinha pousado no meu desgraçado caminho. Eu era como um prédio que ruía, apodrecido, infiltrado, de que todos os tijolos e colunas precisavam se fazer novos. Pois que se abrisse um buraco na puta que pariu para engolir a sombra de morte que eu trazia pelos tornozelos!, eu pensei, odiando a minha mãe e os caminhos que a levaram à minha concepção. Recolhi a borboleta esmagada e chorei, balbuciando desculpas e lamentando o trágico encurtamento de vida já tão curta, como a minha deveria ter sido. Duas semanas de ventre e minha mãe decidida pelo adeus. Adeus. E nenhuma dessas coisas teria acontecido. Eu não teria sido uma assassina e ele nunca teria me abandonado para sempre.

QUARENTA

COISA COM OLHOS

Às dezessete horas e doze minutos do meu último dia nos Inhamuns, eu entrei no táxi para ir embora para sempre. Coisa com olhos, eu era, como a lagartixa que eu tinha encontrado há muitos anos, morta e ressecada do sol, mas cujos olhos reptilianos e afundados ainda brilhavam, meio verdes, meio azuis, beleza que a Vó tinha rejeitado, com nojo, tire essa coisa com olhos daqui, palavras dela. Depois disso eu entreguei a pequenina para o tempo definitivo, enterrando-a em alguma parte do quintal.

Falei com um assombrado taxista que, sem perguntar se eu estava bem, concordou em acelerar nas partes boas da rodovia, quando a alcançássemos, para que compensássemos pelo tempo que eu tinha perdido em Cococi. Mas o que eu via era a entrada da fazenda grande onde ficava o novo sítio arqueológico, com seu círculo magnético de pedras que tinha me trazido até ali. Foi o sentido primeiro daquela grande e infeliz descoberta, eu pensei.

Aquela deveria ser a última despedida, especialmente das coisas que não tinham sido, do artigo que eu não escreveria e da carreira de sucesso que eu não teria. Por alguma razão, dentre as milhares de histórias trágicas documentadas naqueles dias, a nossa tinha alcançado muito mais gente do que eu teria imaginado, viajando rápido e levando com ela nossos rostos, para ilustrar os eventos, tantas vezes aumentados e recriados, que tinham abalado os Inhamuns. A luz sobre a estrada começava a amarelar, com força, pelo sol de meio-dia. E o homem dirigia rápido, apagando com seu carro as marcas deixadas pela moto em sua raivosa, fugitiva passagem anterior. Eu ia me lembrando dele, da boca, dos olhos, do vermelho nos céus e aqui embaixo, feito incêndio de morte nos nossos espíritos, e das palavras, cada uma das palavras perfurantes que tinham me rasgado por dentro. Sangue que não escorria pelo banco. Horas que não passavam.

A lua desceria pouco depois de o homem estacionar para um xixi e de acrescentar que a viagem tinha de ficar mais cara, que não achava que demoraríamos tanto, queria voltar de Fortaleza ainda naquele dia. Muito bem, não se preocupe com isso, eu falei, observando todas as minhas coisas sobre o banco do carro, dinheiro ali que não tinha mais importância. Nada importava.

Sei que eu fechei os olhos e entrei, sem autorização, na fazenda grande, com o sol no alto, como que a abençoando, e refiz, quase correndo, sempre chorando, o caminho até o círculo de pedras. Como eu tinha ido parar ali, eu me perguntava, um horror irrespirável nos pulmões. Eu tinha que realizar uma única proposta, uma única tarefa, investigar aquelas pedras, ouvir aqueles cientistas, tirar algumas fotos e evitar dar as mãos ao meu próprio passado, à minha própria história, que nada de bom poderia sair dali, das minhas próprias e horrorosas ruínas. Em que momento fodido todas as coisas começaram a dar errado? Em que beijo furtivo, a que altura daquele adultério, em que centímetro de atormentada lascívia? Ainda assim, eu estava enganada. Não era sobre ele, nem sobre nós, mas sobre aquele meu intempestivo retorno, infortúnio sabido dentro do peito desde a minha primeira partida, que não há isso de descobrir a si mesmo num passado nuvioso, nem de reconstruir escombros sobre ossadas enterradas em terrenos lodosos. Arranhei o cotovelo num cacto alto, mas não senti ardor. E depois de mais algumas passadas, cheguei ao sítio. Ali, onde se ouvia apenas o meu coração. Nem bicho nem vento no mato: apenas eu, ainda viva, os batimentos indecisos. E viam-se as sombras das rochas, bruxuleantes e circulares, convidando-me ao centro delas, com sussurros úmidos e abafados cercados das luzes da estrela maior.

O DERRADEIRO FIM

O ser humano é um bicho bonito e curioso, eu pensei, depois de vislumbrar a vida inteira naqueles poucos segundos e imaginando o lugar do coração no meio da disposição divina do homem, à imagem e semelhança de um deus, compreendendo que era de lá mesmo a dor pontiaguda que eu sentia. Não havia outro modo de morrer, supus. Foi a mesma dor que tinha levado a mãe, ainda jovem, enquanto se balançava na rede no alpendre de casa, dando risadas dos seus últimos amores. E que tinha levado a Vó enquanto amargava a minha ausência. A dor da perda, a dor da culpa. Que não era minha, disse a mim mesma, milagrosamente descansada, o rosto seco, sereno, a mãe acarinhando com as unhas o topo da minha cabeça, como quando eu era criança, agachada sobre a terra, cultivando uma semente rara que só daria flor e fruto século depois. Tenha paz, minha filha, eu ouvi. O que não tem remédio, você sabe, remediado está, ela dizia, com seus serenos e baixos olhos verdes sempre me olhando de cima, ensinando-me na sua voz rude, mas aveludada como o enrugado doce de suas mãos. Respirei fundo, compreendendo a incompletude do meu aprendizado temporário. O mais estava no sangue: meu coração, engenhado para durar pouco, não achou lugar no mundo onde se demorar e alcançar cidadania. Mãe, Vó, tia e eu tínhamos muito o que conversar.